中国孩子最喜爱的情感读本

你不必完美

第 2 版

焦 育 ◎主编

图书在版编目(CIP)数据

你不必完美/焦育主编. —2版. —北京：北京大学出版社,2012.3
(中国孩子最喜爱的情感读本)
ISBN 978-7-301-20289-0

Ⅰ.①你… Ⅱ.①焦… Ⅲ.①儿童故事－作品集－世界 Ⅳ.①I18

中国版本图书馆 CIP 数据核字(2012)第 025152 号

书　　　名：你不必完美(第 2 版)
著作责任者：焦　育　主编
丛 书 主 持：郭　莉
责 任 编 辑：周志刚
标 准 书 号：ISBN 978-7-301-20289-0/G·3368
出 版 发 行：北京大学出版社
地　　　址：北京市海淀区成府路 205 号　100871
网　　　站：http://www.jycb.org　http://www.pup.cn
电 子 信 箱：zyl@pup.pku.edu.cn
电　　　话：邮购部 62752015　发行部 62750672　编辑部 62767346
　　　　　　出版部 62754962
印 　刷 　者：北京飞达印刷有限责任公司
　　　　　　730 毫米×1020 毫米　16 开本　12 印张　175 千字
　　　　　　2009 年 1 月第 1 版
　　　　　　2012 年 3 月第 2 版　2016 年 7 月第 8 次印刷
定　　　价：20.00 元

未经许可,不得以任何方式复制或抄袭本书之部分或全部内容。
版权所有,侵权必究
举报电话：(010)62752024　电子信箱：fd@pup.pku.edu.cn

一、你不必完美

你不必完美 ………………………………………………… 2
我从何处来 ………………………………………………… 4
最美丽的笑容 ……………………………………………… 8
手掌上的阳光 ……………………………………………… 12
热爱生命 …………………………………………………… 15
我的生活 …………………………………………………… 22

二、成功就在下一个路口

至尊的独立 ………………………………………………… 26
为失败做准备 ……………………………………………… 29
别被他人的话击倒 ………………………………………… 31
走向生活 …………………………………………………… 33
爱因斯坦求职记 …………………………………………… 35
跑过冬天 …………………………………………………… 38
不画别人的风景 …………………………………………… 40
烧炭工和绅士 ……………………………………………… 43
六英尺四英寸 ……………………………………………… 45

三、亲情昼夜无眠

合欢树 …… 50
慈父家训 …… 53
父爱昼夜无眠 …… 56
十五岁少年和他的九弟妹 …… 58
最好的忠告 …… 62
给我未来的孩子 …… 65
趁父母还健在 …… 68
打个电话给家人 …… 70
创造九章(节选) …… 72

四、智慧的火花

山苏花 …… 80
树叶的故事 …… 82
流沙岁月 …… 84
石崮和洼地 …… 86
小木偶日记和一扇奇怪的门 …… 87
关于"狐狸和乌鸦案"之争的情况综述 …… 89
城里的老鼠和乡下的老鼠 …… 91
上帝创造母亲时 …… 94

五、人的高贵在灵魂

人的高贵在灵魂 …… 98
魔毯 …… 100
用文学经典滋养年轻一代 …… 102
我的精神家园 …… 105
读书苦乐 …… 107
做个快乐读书人 …… 109
读书要有缘分 …… 112

六、穿越历史的烟云

戈壁有我 …… 116
天地苍茫一根骨 …… 121
风清月白一草堂 …… 123
长城秋雨夕 …… 126
阳关雪 …… 129
岳阳楼记 …… 133
沉船——为邓世昌而作 …… 136
羞女山 …… 139

七、引领人类前进的巨人

论贝多芬 …… 146
人类需要梦想者 …… 150
诺贝尔遗嘱诉讼案 …… 152
我的父亲爱迪生 …… 157
霍金,用手指说话的科学巨人 …… 162
勇气 …… 165
让高墙倒下吧 …… 168

八、和一朵花说话

雪的面目 …… 174
白色的山茶花 …… 176
走近大海 …… 177
暖雨 …… 178
天籁 …… 179
阳光 …… 180
和一朵花说话 …… 181
多变的脸 …… 182

一、你不必完美

YI NI BUBI WANMEI

你不必完美 / 哈罗德·库辛
我从何处来 / 刘后一
最美丽的笑容 / 威　尔
手掌上的阳光 / 王林先
热爱生命 / 玛丽·玛纳契
我的生活 / 玛莉·凯恩

你不必完美

【哈罗德·库辛】

我们当然应该努力做到最好,但人是无法要求完美的。我们面对的情况如此复杂,以致无人能始终不出错。

好几次,当我必须告诉我的孩子们我在某件事上做错了时,我多害怕他们不再爱戴我。但我非常惊奇地发现,他们因为我愿意承认自己的错误而更爱我。比较起来,他们更需要我诚实、正直。

然而,有时人们并不能正确对待自己的过失。也许我们的父母期望我们完美无瑕;也许我们的朋友常念叨我们的缺点,因为他们希望我们能够改正。而他们难以谅解的是,我们的过失总在他们最脆弱的时候触痛了他们的心。

这让我们感到内疚。但在承担过错之前,我们必须问问自己,那是否真是我们应该背负的包袱。

我是从一个童话中得到启示的。一个被劈去了一小片的圆想要找回一个完整的自己,到处寻找自己的碎片。由于它是不完整的,滚动得非常慢,从而领略了沿途美丽的鲜花,它和虫子们聊天,它充分地感受到阳光的温暖。它找到许多不同的碎片,但它们都不是它原来的那一块,于是它坚持着找寻……直到有一天,它实现了自己的心愿。然而,作为一个完美无缺的圆,它滚动得太快了,错过了花开的时节,忽略了虫子。当它意识到这一切时,它毅然舍弃了历尽千辛万苦才找到的碎片。

这个故事告诉我们:也许正是失去,才令我们完整。一个完美的人,在某种意义上说,是一个可怜的人,他永远无法体会有所追求、

一、你不必完美

有所希冀的感觉，他永远无法体会爱他的人带给他某些他一直追求而得不到的东西的喜悦。

一个有勇气放弃他无法实现的梦想的人是完整的；一个能坚强地面对失去亲人的悲痛的人是完整的——因为他们经历了最坏的遭遇，却成功地抵御了这种冲击。

生命不是上帝用于捕捉你的错误的陷阱。你不会因为一个错误而成为不合格的人。生命是一场球赛，最好的球队也有丢分的记录，最差的球队也有辉煌的一天。我们的目标是尽可能让自己得到的多于失去的。

当我们接受人的不完美时，当我们能为生命的继续运转而心存感激时，我们就能成就完整，而别的人却渴求完整——当他们为完美而困惑的时候。

如果我们能勇敢去爱、去原谅，为别人的幸福慷慨地表达我们的欣慰，理智地珍惜环绕自己的爱，那么，我们就能得到别的生命不曾获得的圆满。

生命，是自然赋予人类去雕琢的宝石。

——诺贝尔

我从何处来

【刘后一】

茫茫无际的空间啊，不可思议！悠悠无尽的时间啊，不可思议！在这空间和时间交叉点的此时此地而有小小的我，尤其不可思议。

我是从哪里来的呢？没有我之前，我在哪里呢？没有我之后，我将到哪里去呢？

我为什么不在别的星球上呢？不在别的星系里呢？

我为什么不在古代呢？比方说，我为什么不是春秋的孔子，周游列国之后，整理《诗》《书》，和弟子谈什么"己所不欲，勿施于人"的道理呢？我为什么不是宋代的苏东坡，坐在西湖边上，把酒拈须，吟什么"欲把西湖比西子，淡妆浓抹总相宜"呢？我为什么不觉得自己是法国的拿破仑、美国的富兰克林，或者此时此地的一个普通的、不知名的人呢？我为什么不是我国的张三、李四，英国的约翰、玛丽，俄国的伊万、安娜……呢？

你聪明的，请告诉我。

无穷的父母的父母

你说，我是我的父母生的。

好！我不必去思考我为什么不生在别的天体上了。因为我的父母就出生在地球上。

同样的道理，我为什么会发现自己在此时此地，因为我的父母生活在此时此地。

没有父和母，就没有我。

一、你不必完美

他们都走过一条艰难曲折的路，比方父亲几乎被淹死，母亲曾经被炸弹炸伤过。他们都见过许多异性，但他俩结婚了，因为他俩年龄相差不多，性情比较相投，趣味比较相近。

他们或许是谁介绍的，而这谁又有他艰难曲折的生活史。由于一个偶然的原因，做了这么一个偶然的介绍。

再往前推，父亲有他的父亲和母亲，母亲也有她的父亲和母亲。这样，我的直系血亲尊亲属，由两个变成了四个。同样，他们又各有各的复杂的生活史。

再往前推，我的"父母"——也就是直系血亲尊亲属——的个数愈来愈多；而你可知道：世界上当时的人口却是愈来愈少。大约在我的祖宗28~29代之间，正是公元12世纪。当时你的、也就是我的父母共有四亿多人，和当时全世界人口总数相等。

这不是说，当时全世界所有的人都是你的父母呢？你当然不承认。不光是你，其实我也不承认。

我是什么道理呢？道理也许很简单：其中有些枝丫上的父母必定和另一些枝丫上的父母大量重复。

当我的n代某个父母未形成受精卵前，我的n+1代的他(她)的父母是不是健康地活着呢？那是一定的。否则，就不会有我的n代某个父或母，最终也不会有我，真是侥幸得不可思议。

我的分子和原子

有一次我问一个朋友："当时上百万上千万的精子（有的书上说：每次射出的精子数为2~5亿，有的书上说几百万个）奔向一个卵子的时候，只有那方向对头、游得最快的一个精子，才有可能与卵子结合而成为受精卵。后到的其他千千万万个精子都被拒之卵外（当然有一卵或n卵双生或多生的孪生子，但不影响我下面提的问题）。这个受精卵后来发育成为今天的你了。现在我要问的问题是：如果当初不是这个精子，而是另一个精子跑在前面与卵结合了，那么这

个受精卵发育出来，是不是还是今天的你呢？"

"当然不是！"他斩钉截铁地说。

我认为我这个朋友的答案是正确的。

"换一个精子不是你，同样，换一个卵子也不会是你，而一个卵子只能活几小时到几天，再加上刚才说的精子数目，你之成为你的几率真是太小了，你应当为你的出现庆贺！"

现在再回到分子或原子。

今天我们每一个活着的人，每时每刻每分每秒都在进行新陈代谢，也就是吸进氧气，吐出二氧化碳，吃进蛋白质、脂肪、碳水化合物，排出尿素、尿酸、食物残渣、废物等等。我们身体的各种组织、器官，不同长短时期都全部变换更新。总之，许多分子、原子在我们身体里出出进进。

共同生活在一个室内的人，空气从你的鼻孔里钻出来，又从我的鼻孔里钻进去；共同生活在一个地区的人，许多分子、原子，从一个人的身体里跑出来，通过食物、水、空气，又钻进另一个人的身体里去；扩大到整个地球，所有参加生命史循环的分子、原子，都出出进进于所有植物、动物、人类(包括你和我)的身体。

我不可能是孔子、苏东坡、拿破仑、富兰克林等人，但曾经出入过他们身体的，甚至曾组成过他们身体的某个分子、原子，也许曾经到过我的身体中，甚至曾经组成过、组成着我的身体。同样，曾经是我的分子、原子，也会跑到别人（一个普通人或者未来的一个伟人）身体里去，暂住或者呆一段时间。

我 的 起 源

即使将受精卵算作我的开始，但是那时候我根本不知道有我。

推迟到婴儿初生，也还没有自我意识。要到牙牙学语的时候，才渐渐有了自我意识的萌芽。

有人说："我"是与"我的"相关联的。在外界，有我的父亲、

我的母亲、我的花衣服、我的小手绢、我的布娃娃、我的皮球……在自身,有我的鼻子、我的眼睛、我的手、我的牙齿、我的舌头……所有这一切,形成了"我"这一意识。而这两方面,自然是我自身的一切,比如我的肌肉、皮肤、神经、牙齿……是形成"我"的主要方面。

我是我的肌肉、皮肤、神经、牙齿等等的总和,然而又不是机械地拼凑。

有一次,我上医院拔了一颗牙,回到家中、回到办公室,亲人们、同志们都没有发现我有什么异样,仍然照常地招呼我。这使我发现了一个公式:

我 – 一颗牙齿 = 我

依此类推,如果我拔掉几颗牙齿,挖掉一只眼睛,切掉两条腿,割掉一个肾脏,周围的人当然会发现我有些异样,但是仍然会亲切地招呼我,我自己也觉得我还是我。

如果再推下去,事情就会从量变引起质变。一个是去掉我的要害器官:心脏、大脑,我就会意识不到我了。当然,这是就今天的科学水平说的,现在开始可以用人工心脏或者做心脏移植手术了,但是换脑袋还是明天或者科学幻想小说的事。自我意识会跟着脑袋转,而不会跟着别的任何器官或所有其他器官的总和转。

另一个是去掉我的一般组织或器官,去到一定限度,生命也将解体。没有我的生命,当然也就失掉了我。

这就是说:我不是我的机体各部分的简单的、机械的总和。当我死后,我的各部分机体都还在这里,即使并没有被分割开,但是我已经消逝了。

这就使人想起法国哲学家、物理学家、生理学家笛卡儿(1596—1650)的命题:我思故我在。我不思了,或者我不能思了,我就不在了。这话有些道理。

最美丽的笑容

【威 尔】

那是1992年我服务于洛杉矶市警察局的时候,一个深夜我奉无线电调度奔赴一个车祸现场。

车祸发生在好莱坞101高速公路上,我赶到现场的时候已经有两三部警车到达,可救援车辆还在途中。

这是一起恶性车祸,有六部汽车撞成一团,起因是一个酗酒驾车的家伙疯狂变道驾驶。无辜受伤者不少,而肇事者却只是擦破皮而已,他已经被先行抵达现场的加州公路巡逻队拘留。

一位非华裔警察告诉我有一名华裔女子伤势非常严重,而且不大会说英文,希望我去照顾一下。

当我走近伤者的时候,一位已经守候在那里的白人警察起身朝我走来,他什么都没有说,只是对我轻轻地摇了摇头,我立刻就明白了他的意思:伤者没有什么希望了。

她被笔直地放在高速公路旁边,脸朝上,静静地躺着,周围都是鲜血。我在她身旁蹲下来。

"很疼吗,小姐?"我用汉语问她。"你是中国人?"她奇怪地盯着我看。我一边检查她的伤势,一边顺口嗯了一声。

"太好了,真没有想到在美国还能碰到中国警察。"她有些兴奋的声音里带着一丝颤抖。

我发现她伤势很重,腹部严重受挫,而且右腿大量出血。这种情况已经大大超出了我所能应付的范围。"你肯定没有系安全带。"我说。她轻轻应了一声,我知道她此时正在承受着巨大的痛苦。

一、你不必完美

"你很年轻吗?"我没有想到她会突然问我这个问题,"我今年22岁。"我一边回答一边开始注意她。她眼睛不大,但眼睫毛很长,鼻子虽不高,可是搭配上那张小嘴让人看着非常舒服。她给了我一个淡淡的微笑:"我25岁。"

她脉搏跳得非常快,而且浑身发抖,这是严重内伤和大量失血的直接反应。我起身打算去车上拿条毛毯。"请你别走好吗?我现在很不舒服,希望你在旁边陪我说说话。"我心里一震,我亲临过很多车祸现场,看到过不少悲惨的场面:被撞得只剩下半边脸的,手脚脱离身体的,血肉模糊的……车祸后的伤者最通常的反应便是极度恐慌,大喊大叫,可她此时的语气显得惊人的平静。

"好,我不走。"我随即在她身旁跪了下来,用手紧紧将她不停出血的伤口压住,我所能做的只有这些了。

"你做警察有多久了?"

"不到一年。"

"刚刚那个穿黄色衣服的也是警察吗?"

"对,黄色衣服是加州公路巡逻队的制服。"

"那你为什么穿的是黑颜色的?"

"这不是黑色,是深蓝色,深蓝色是洛杉矶市警察局的制服。"

"做警察怕不怕?"

"有时候怕。"

"就像看到我现在这个样子,是吗?"她呼吸急促还不忘记微笑。

"哦……"我不知道该怎么回答。

"你开警车吗?"

"开,就停在后面。"

"今天都怪我不好,"她幽幽地说,"碰上这种事情,而且还没有系安全带。"

"别这么说,这不是你的错。"我心里非常难过。我真的希望可以在一个什么其他场合遇到她,不仅仅因为她是中国人,也不仅仅

因为她是个女孩子，只是当一个健康的人面对一个濒临死亡的人的时候，那种感觉难以言喻。

"可以帮我做件事情吗？"她说话的声音已经开始减弱。

"当然可以。"

"我的包在车里面，包里有个红颜色的通讯录，不过，请不要打电话给我父母，我妹妹在 Washington State University，先打给她好吗？"

"你不会有事情的。"不知道为什么，我的声音轻得连自己都几乎听不见。

此时我们周围被头顶上警用直升机的强烈灯光照得雪亮，远处传来了大批消防车、救护车逐渐靠近的警笛声。

"别担心，救护车已经到了，"我试图安慰她，"我们会用最快的速度送你去医院，你肯定没有事情的。"

她勉强地露出了一丝笑容说："你人真好，可是我刚刚看到那个警察对你摇头，何况我现在根本就感觉不到痛了……"

"你从哪里来？"我想打断她换个话题。

"长沙。"

"警官，这里让我们来吧。"此时五六个救护人员已经围在了我们身旁，他们给她做了迅速的检查后便决定不在现场治疗。

"我去拿你车上的东西，等会儿我们医院再见。"我站起来对她说。

"谢谢你。"她又对我嫣然一笑，那个笑容刻骨铭心，让我永世难忘。

她开的是一部 1982 年产的 Honda Accord，车子已经被撞得完全变形。我无法打开车门，所以只有让消防队员用气压锯切开。车里到处都是鲜血，她包里的东西七零八落地散落在各个角落。我一边帮她收拾东西，一边祈祷她能渡过难关。

因为伤势太重，她后来没能渡过难关，死在了开往医院途中的

一、你不必完美

救护车上。我信守诺言，遵照她的意思通知加州公路巡逻队将电话打给了她的妹妹。我在检查证件的时候看到她驾照上的名字是 Lisa Chen，家住加州 San Gabriel，除此以外我对她一无所知。

这些年来我一直在思考一个问题：是什么可以让一个 25 岁的女孩子面对死亡却如此从容？她没有惊恐，没有抱怨，甚至没有掉过一滴眼泪，而且在生命的最后一刻还惦记着不让家中的父母难过……

我们给未来不可预测的事情冠以"命运"两字是因为我们在命运面前的确毫无选择。或早、或晚、或突然、或意料之中，我知道终有一天我也将面临死亡。如果在我生命的最后一刻还能拥有什么，我希望我能拥有那个女孩的笑容，有了这个笑容我便多了一份勇气，多了一份坚强，多了一份只要活着就不悲悲戚戚的从容。

在那种场合认识一个人的确是件非常遗憾的事情，不过，我相信这就是命运的安排。如果不是因为那起车祸，我们可能永远都不相识。虽然我和她认识只有短短的几分钟，所说的话也仅有几句，可那个晚上我这一辈子都不会忘记。我被她的勇敢所折服，被她的从容所感动，尤其是她最后的嫣然一笑，我觉得那是我所见过的最美丽的笑容，足以让我回味一生。

应该笑着面对生活，不管一切如何。
——伏契克

手掌上的阳光

【王林先】

"爸爸，我想你……"儿子说。

电话那头，在那个古老城市的一所脑病专科医院，儿子双手捧着听筒，靠在病床上大声说话，他的声音越过千山万水来到我耳边的时候，已经变得飘忽如烟。然而就是他那稚嫩而缥缈的声音，时时拨动我心灵深处最柔弱最易疼痛的弦，让我常常不由得捂住胸口。

儿子5岁，原发性脑瘫。极差的平衡能力、明显畸形的剪刀步态、僵硬的双腿，让他至今无法独立行走，无法像其他孩子一样，无忧无虑地奔跑在绿草如茵的田野上，尽情享受童年的快乐。然而他却能够不停地思考，从简单的"人为什么要吃饭"到显得难以理解的他"为什么不能像其他孩子一样"，他都有自己的解释。而我做得更多的是，给他讲故事，教他背唐诗。一年下来，他已经能背诵几十首唐诗，讲几十个故事。他用柔弱而善良的心灵去体验来自命运深处的悲欢离合、艰难苦痛，然后对我说出他的想法。说完后，一脸灿烂的笑，常常照亮整个家。命运对我也许是残酷的，让我和我的儿子不得不在苦痛中苦苦挣扎；然而命运对我也许应该是宽厚的，因为我不停地在儿子的笑声中感受生活的力量，生活也就在淡淡的疼痛中充满希望了。

针灸师把一根根长长短短的针扎在儿子的头上、腿上、手上。儿子大声哭叫，每扎一下，他的握在我双手中的小小的身子就要痉挛一下，但他没有拼命挣扎，他知道这是给他治病。然而，在他传递给我的痉挛和战栗中，我的心早已被那针扎得千疮百孔，鲜血淋漓。

一、你不必完美

我默念,就让我用鲜血抚平孩子的伤痛吧!就让我用心血换取孩子的希望吧……

早晨的阳光静静铺满山冈,恰若母亲轻柔的倾诉。在我很小的时候,父亲也曾牵着我的手,踏着结满露珠的青草,在淡淡的青草与泥土的甜香中走过山冈,而我,也带着期求长大的淡淡的彷徨无数次感受阳光的温暖——一种博大空旷的温暖。当我试着牵儿子的手走过那熟悉的山冈的时候,儿子却坚持要自己站在山冈上晒晒太阳。他吃力地支撑住身子,保持着艰难的平衡,一边还对我骄傲地喊道:"你看我,快看,爸爸……"葱绿的山冈上,空旷飘逸的阳光里,儿子只是小小的一点,而那一点、那一刻却似乎就是我的全部。他还是跌倒了,我要拉他的时候,他却愤怒地甩开我的手,要试着自己站起来。他站起来了,汗水和泥污掩不住他脸上骄傲而稚气的笑。他摊开双手,平平举起,任阳光在手掌上停泊、流淌、飘飞……

"以后,我也可以带他来这儿走走了……"我的父亲高兴地说,脸上露出久违的笑容。五十多岁的父亲在肝硬化的折磨中已经走过4年。4年里,他有足够的时间思考命运,思考生活,思考身内身外的一切,思考生命本身的意义。对生命的珍爱,对儿孙的关怀常常让他郁郁寡欢。尽管他学会了静静等待,学会了平和地看待一切。爷孙俩走在小山冈上,一高一矮,两道阳光的剪影,在巨大的虚空里临风飘举。我恍然如梦。

我又能做些什么说些什么呢?

如果生命超于生存和俗世生活本身之外,我们负载生命的能力常常弱于负载苦难的能力。我感激儿子掌上流淌的阳光,温暖我生命的阳光。

"爸爸,现在扎针的时候,我可以不哭了。不信,你问妈妈……"儿子说。我没有说话,泪水却已夺眶而出。

孤身一人在陌生的城市里带着儿子治病的,是我的妻子。她是农村中学教师,每周有近30课时的课。尽管工作压力让她难以承受,她还是尽最大努力安排好我们小小的家,就像一只疲倦的鸟,在羽翼低垂、嘴角渗着鲜血的时候,仍然要呵护好自己的巢。劳累过度让她心力交瘁,在她走下讲台十小时之后,仅有7个月孕期的儿子便出生了。因为早产是导致孩子生病的主要诱因之一,她一直怀着深深的愧疚。当然,她也明白,这绝不是她的错。于是我们拉扯着孩子,相依为命。我常常想着蒲柏的那句话:"一切都可以靠努力得到,唯独妻子是上帝的恩赐。"我也会想起《非常爱情》里女主人公守着昏迷不醒的爱人唱的那首歌:"爱人啊爱人,你是我眼泪里摇出的小船……"是的,我知道,爱可以支撑一切。

如果我的心血可以化成阳光,我一定将它捧上手掌,高高托举,以温暖我爱的人和爱我的人,温暖在不幸之中高高地昂起头的人。

恰如我儿子手掌上流淌的、温暖我的阳光。

一个伟大的灵魂,会强化思想和生命。
——爱默生

热爱生命

【玛丽·玛纳契】

在一次野餐会上，我们才切好了一堆西瓜，我就禁不住哈哈大笑那些小孩子的滑稽把戏——埋头大嚼又红又甜的西瓜时，佯装着吹口琴的模样儿；用瓜皮做一个翠绿的大笑脸，龇牙咧嘴的；或看看谁可以把瓜子吐得最远。这时，我觉得有个女人的手按住我的手臂，一转身，看到一双充满怜悯而又疑惑的眼睛。

"你看来这样快乐，真的好快乐。经过……经过那些不幸，你怎么有办法这样快乐？"一而再，再而三地，认识我们的人问我这个同样的问题。这些人知道路易和我的3个子女，都患有先天性的"库利贫血症"——一种血液方面的疾病。先是梅丽，然后是罗丝，最后是乔治，一个接着一个，失去了他们的生命。

经过这些事故，我怎么还能快乐呢？

一

梅丽1955年出生，她是我们的老二。大女儿安妮比她大两岁，又结实又健康。梅丽满3个月时，我带她去小儿科做检查，医师告诉我说："她好像贫血。"

贫血？听起来不太糟嘛，很多人都患贫血的。可是梅丽在纽约医院的康奈尔医学中心做过化验后，医师把路易和我叫进去，告诉我们结果。

"很抱歉，不得不告诉你们实情，你们的小宝贝得了地中海型贫血。"医师解释说，这病通称为"库利贫血症"，是一种罕见的遗传

性血液疾病。它会抑制人体制造血红素。梅丽每两个星期必须来医院输血一次。

从那以后,我定期地带小女儿从新泽西开车到纽约大城。几个月之后,她似乎逐渐习惯这样来来去去。而且她在那里也有伴:还有19个小孩正因同样的疾病在接受治疗!

路易和我原想多要几个小孩,可是我们不得不犹疑了。

"别担心!"医师胸有成竹地向我们担保说,"很少有一个家庭同时发现两个这种病例。"

二

罗丝1959年出生。她看起来很不错——水蓝晶亮的双眼,细细密密的棕发,跟梅丽很像。为了保证她没问题,我很快带她到医院检查。几位医师都支吾其词,含含糊糊。几个星期过去了。有时她看起来完全正常,有时会满头大汗,症候和梅丽没什么两样。等到她6个月大的时候,医师很委婉地对我说,罗丝也须做定期输血。

"你为什么不早告诉我?"我有气无力地说,"你为什么还让我满怀希望?"

他神色黯然地摇摇头:"我们晓得,如果当时就坦白告诉你,那打击对你实在太难承受了。我们希望你自己能慢慢看出来。"

于是我开始带两个小女儿开车进城。每当输血的日子近了,她们就很容易疲倦,变得焦躁不安。尽管一趟来回加上治疗,足以让人精疲力竭,可是一从医院回来,她们又好好的和常人一样了。这一段日子,路易和我一直尽量让3个女儿过着正常的生活,学音乐,玩游戏,经常全家出去远足小游。

1961年,我们的儿子乔治诞生了。我们一直渴望有个男孩,也确信他绝对不会遭到同样的厄运。

可是我打从第一次抱起小儿子的一刹那开始,就知道真相了。内心的深处有什么在啃噬,可是却知道必须面对现实。很快地,我就

带着乔治，连同两岁的罗丝及6岁的梅丽一起到纽约大城了。

三

尽管如此，路易和我还是很庆幸我们有四个可爱的孩子。输血只是成为我们生活中一个定期的项目，我们也一直希望医学上的突破，可使他们不再需要输血。同时我们也一直忙着一般家庭都要忙的事——学校活动，音乐课，远足，度假。很快地，几年也过去了。

然后，一个新发现，犹如晴天霹雳！

一天上午当我正在医院里等着，另一个同病症的小孩的妈妈，默默地递给我一张《纽约时报》的剪报，标题是"致命的血液疾病"。那篇文章报道的正是前来这个诊所的小孩儿们。一串触目惊心的句子，轰得我眼冒金星——"他们通常在20岁以前就离开人世"。

接下来的几个星期，路易和我过得恍恍惚惚，浑浑噩噩。他的反应是不言不语，专注于他的工作——服装设计。我呢？只要是独处时，就伤心哭泣。

孩子们呢？我们根本没勇气跟他们讨论这件事，但我知道他们去了那么多次医院，和其他病人谈话中，早已意识到他们自己的情况严重。

四

一天傍晚，我走进11岁的罗丝的房间，发现她正在做一个镶珠宝的蝴蝶别针。她早已在各种手工艺展里卖她的作品了。

"哇！好漂亮！"我一边看着她小心翼翼镶上一颗莱茵水晶石，一边由衷地赞美。

"谢谢，妈！"她嗫嚅地说，"我要尽我所能，赚足了钱上大学。"

大学？她计划上大学？

我清了清喉咙："哦……你打算念什么？"

她抬头看我，两眼发亮："护理，妈，我要像那些在医院里帮助我的那些好心的护士一样。"

她又专心地回到她的工作，我慢慢地踱出她的房间，咀嚼她所说的话。罗丝想的不是死亡，她全心想的是生命！

感恩节时，一位教她的老师打电话给我。老师要求班上的同学写什么人或事最让他们觉得要感激的。答案照旧都是一般的温暖和睦的家啦，父母啦，或者好吃的东西啦。老师的声音颤抖起来了："我想你会想听听罗丝的答案。'我感谢上帝，赐给了我美好健康的身体。'"

美好健康的身体？她怎么会写下那个答案？我慢慢细细寻味，想起在医院里罗丝看到的其他的小孩，有断手断脚的，有患癌症的。可是罗丝能走路、上学、跳绳……

罗丝曾自己制作了许多圣经名句的装饰，我们家到处都挂满了。在她自己的房门里挂了一幅，上面写着："这是上帝所创造的一天，让我们欢欣喜悦地享有这一天。"

五

1969年7月4日，当时罗丝12岁，她因为轻微的心脏病而住院，那是库利贫血症衍生的毛病。那天晚上我弯下身亲亲她，跟她说再见。还说着："小甜心，你看起来好多了。我明天一大早就来看你。"

我才一回到家，电话铃就响了。罗丝已离开人世。医院的人说："走得很安详。"

我们哀恸不已。梅丽和乔治早知他们的生命短暂。然而现在罗丝走了，他们俩被迫面对残酷的事实。梅丽比罗丝大4岁，她开始细心照顾她妹妹的小坟。我想她一定不断地思虑自己的死期。当我密切地注意她时，她却以一种新生的活力，生活得更积极。她开始在高中学校里赢得书卷奖，也变得广得人缘。她还给了我一个建议，使我们家人的生活开始有了一个新的方向。

路易和我更常带我们的小孩出去远足、旅游了。有一次旅行回来没多久，梅丽从医院输血回来，神色凝重，若有所思。

一、你不必完美

"妈！我告诉医院里那些小孩，我们到博克努山玩。绝大部分的人都说他们从来没去过像那样的地方。我们能不能想点法子，下次带他们一起去？"

"当然可以。"我禁不住拥抱她。突然，我们有了个伟大的计划。我立刻着手组织一个志愿队带其他小孩去游玩。我们举办各种糕饼义卖、糖果义卖，很快就筹足了钱，到博克努山区的艾力洛志山远足一趟。大部分的小孩走出医院，就不曾聚在一起过。看到他们开怀畅笑，玩得尽兴，远离打针、输血及脊椎穿刺，我也乐不可支。后来我们又想尽了法子，筹足经费，带他们去百老汇看戏，还到迪斯尼乐园玩了一趟！

六

1973年梅丽高中毕业，被选为全国荣誉学生会的一员。那年秋天，她进入威廉帕特森大学主修艺术。她很快就获得成绩优异最高荣誉奖。她到一个电视机修配厂兼差，同时参与各种社会活动，从慈善募款到义务劳动，无不插上一手，这却也使她几乎接触了小镇上的每一个人。

次年，她自愿参加一项药品实验，专治库利贫血症。为了这个实验，她必须住院三个星期，也耗去了她不少精力。她说："可是只要能对其他小孩子有益，就值得了。"

1974年1月20日那天，雪下得好大。我们全都待在家里。上午梅丽练了一会钢琴，显得很疲倦。"我想我还是休息一下好。"她说着就上楼睡觉去了。后来我准备了午餐送到她的床边。

"啊！这汤真是好喝极了！"她称赞了一句。突然眼里的光彩尽失，整个人向后跌回枕头，再也醒不过来了。

梅丽的葬礼是西帕特森这个小镇上有史以来场面最大的一次。路易和我从没料到她有这么多的朋友。市长及所有的市议员都来了。库利贫血症志愿团送给她的挽词中称赞："她是一位非常杰出的女

孩,在短短的19年岁月中,她对生命的把握及生命意义的了解,胜过了我们,即使我们有希望活到一百岁。"

七

我们的大女儿安妮早已全心投入她自己的事业。而乔治呢?是个典型爱热闹的十来岁的青少年,使我们家生气盎然。我们继续带那些患库利贫血症的小孩去旅游、聚会等。

乔治高中毕业后,继续上帕特森大学。他的功课、活动简直将一天24小时排得满满的,朋友来来去去,电话铃响个没完。他常约女孩子出去,放学后还到本地一家餐馆打工。他忙得不亦乐乎,浑然忘我。他19岁那年夏天,买了一辆雪佛兰跑车——黑油油亮灿灿的,却有着消防车般鲜红的线条装饰,那是个年轻人的梦想——而且经常载满了朋友。他一直把车保养得好好的,像汽车展览室里的车子模样。

9月20日晚上,乔治和女朋友约会回来后就上床去了。我瞥见他那辆跑车竟歪歪斜斜地停在车库里,就晓得事情不妙了。

第二天早晨他留在家没去学校。他说:"妈,我实在没办法去学校,我累死了。"

晚上,他全身陷在长沙发里。"妈,我知道我要走了。"他有气无力地说,抬起头忧虑地注视着我,"答应我,你不哭好吗?你晓得我会到哪里去。"

"不会的,乔治,我不哭。"

我的儿子微微地笑了一下,摇摇头,躺下去,闭上眼睛。他深深地吸了一口气,就走了。

八

梅丽。

罗丝。

一、你不必完美

乔治。

……于是,一而再,再而三地,人们问着同样的问题:"经过那些不幸,你怎么有办法这样快乐?"

且叫我说。

我的孩子们了解生命是造物者所赐予的神圣礼物,他们珍爱他们所能拥有的每一天,而他们的欢乐与感激之情,如同和煦的阳光,温暖并照亮了我们在一起的时光。面对着早临的死神,他们更好地把握了生命。既然他们能如此热爱生命,尊崇生命的意义,竭尽全力伸展双手去抚慰他们受创受挫的朋友;他们对生命如此之爱,那么我能有丝毫逊色吗?

不!我绝不能以哀伤或自怜自艾玷辱了我的孩子。我要拥抱生命,一如他们。在我有生之年,我将欢欢欣欣、高高兴兴迎接每一天!

> 世界上只有一种英雄主义,那就是了解生命而且热爱生命。
> ——罗曼·罗兰

我的生活

【玛莉·凯恩】

我在家乡开了一间小食品杂货店。一天我正站在店门口，忽然听到街对面有孩子朝这边喊：

"妈妈，快过来，你看这……这位太太跟我一样高！"

尴尬的母亲跑到孩子面前，训斥了这个约摸7岁的男孩，然后她转向我抱歉地说："对不起，真是对不起您了！"

我微笑道："没关系。"并对这个叫米克的男孩子说："嘿，我是达琳·凯麦，你好。"

米克问："你是一个小妈妈吗？"

"是的，我也有一个像你这么大的儿子。"

"为什么你这么矮小？"

"是上帝创造了我们，"我说，"一些人矮小，一些人高大，而我恰恰是不能长高的那一类人。"

男孩又接连问了几个问题：你如何开车？你在哪里工作？你会骑自行车吗？

我一一做了回答，然后跟米克握了握手，他满意地跟他母亲走了。

我的矮人生活充满了这样那样的故事。我很喜欢给孩子们讲述和解释为什么我看起来跟他们的父母有很大的不同。经过多年的生活磨砺，如今我可以很坦然地这么做了。

只要匆匆瞥一眼，你就可以认出我来，因为我只有3英尺9英寸高，四肢短小，是一个先天性的矮人。我有一个8岁大的儿子吉米，感谢上帝，他长得高大，像我的丈夫乔治。像许多矮人一样，

一、你不必完美

我父母的身高也正常。此外我还有一个身高正常的兄弟。

当我出生时,还在医院里,医生就告诉母亲我将是一个矮人。也许母亲对矮人不甚了了,她那时关心的只是我的身体健康状况。后来我的家庭医生又告诉母亲,他确信不管用什么方法或药物,都不可能使我长得跟正常人一样。

随着我一天天长大,父母鼓励我去做身边的一切事情,像正常人一样。因此,邻居的孩子们骑自行车,我也骑自行车;他们溜冰,我也溜冰。在邻居们眼里,我是一个普通人,同他们一样。

我并没有注意到身材矮小的不好,直到我开始上学。在学校里,一些顽皮的孩子用东西扔我,叫我的绰号。我渐渐知道这是为什么。我开始讨厌上学,讨厌每年开学报到的那一天。我不知道新来的同学又会怎样看待我,我更讨厌在众目睽睽之下,"爬"上学校的校车,在车上会有许多孩子对我指指点点地说:"看,看那个孩子,就是她。"男孩子们的举动尤其让我感到难堪。

之后,我开始尝试用微笑来接受这个事实,因为我意识到这种不利的状况将会影响到我的整个人生。我应该用智慧和理性去改变自身的不足。这样做了以后,我的朋友慢慢多了,他们帮助我,保护我。我上校车时,如果有人嘲笑我,他们会把嘲笑我的人带到一边,耐心指出他们的错误,以后就没有人嘲笑我了。我把身体上的缺陷弥补在个性中——我学会用笑来掩饰一些尴尬。

现在我 47 岁了,但生活中那些好奇地凝视我的目光并没有随着我年龄的增长而减少。人们看见我矮矮的身子从小轿车的驾驶室里钻出来,常常会投来惊异的目光,甚至有人问我的朋友:"她是否住在幼儿园里?"每当这时,我会暗暗告诫自己,要以良好的心态去面对,我拥有美好的家庭,还有真挚的朋友,我什么都不缺,矮小的身材不是我幸福的障碍。

我的家庭美满,我有爱着我的丈夫和健康活泼的儿子,当我感到害怕的时候,他们总是支持我。

去年,我曾遇到一位同我一样身材矮小的母亲,她告诉我,她的儿子离家出走了,因为他不能忍受同学对他母亲的嘲笑。

我开始担心同样的不幸会发生在吉米身上。果然,吉米告诉我,同班的一个小女孩有一次嘲弄地问他:"为什么你母亲生得如此矮小?"

吉米没有理睬四周响起的嘲笑声,他一本正经地回答:"是上帝创造了她,上帝甚至不忍心要她去洗衣房洗衣服。"

为生命而欢欣吧!因为生命赐给你机会去爱、去工作、去嬉戏,还有,去仰望星辰。

——戴尔·卡耐基

二、成功就在下一个路口
ER CHENGGONG JIUZAI XIAYIGE LUKOU

至尊的独立 / 秦文君

为失败做准备 / 李光乾

别被他人的话击倒 / 高兴宇

走向生活 / 戴维·科宁斯

爱因斯坦求职记 / 明廷雄

跑过冬天 / 原 驰

不画别人的风景 / 谭延桐

烧炭工和绅士 / 亚米契斯

六英尺四英寸 / 爱德华·齐格勒

至尊的独立

【秦文君】

人都是要长大要独立的。记得14岁那年我初次离家，参加学校组织的为期一个月的学农，也就是住在远郊的农民家里，与他们同吃同住。那时我怯怯的，有点像躲在松林里探头探脑的小松鼠，对未知的世界充满好奇、害怕。然而期满归来时，心里就有了点底气，我还特意去照相馆拍照为证，在照片上，我的神态有点老到，仿佛一个有阅历的人。我将它视为珍宝保存在厚厚的相册里，因为它是一个至尊的见证，记载着一个女孩的初次独立，并且预示着后面尾随着许多充满荣耀的词汇：羽毛渐丰、小荷露尖、青春年华……

后来我做了母亲，我很爱我的女儿萦袅，但却明白无论母女之间如何情深意切，我们仍然是两个独立的人。萦袅4岁那年，领导顾及我繁重的写作任务，拨了一个寄宿幼儿园的名额给萦袅。那个幼儿园有草木葱郁的大花园，木梯子上铺着热烈的红地毯，一切都很完美。临行的那天夜里，我在灯下给萦袅准备行装，在她的小衣服小被子上绣着名字。忽然，我扔下了针线，泪如泉涌：一个女孩小得连自己的用品都无法辨认、看管，那她如何表达心意，如何维护爱和尊严呢？独立是要有长长的准备的，是一种积淀后的崛起。最终，我们放弃了这个名额。

一晃，萦袅升中学了，被一家寄宿制学校录取，我再次为她准备行装。看到她六神无主，我便把她所爱的物品统统装进行李。我是个重视精神生活的人，但我永远认可物质往往会对人产生奇效，对于一个走入陌生环境的女孩，携带的爱物能够慰藉她的心。临行前，

二、成功就在下一个路口

萦袅在我的厚相册里翻弄着，说要带一张妈妈的照片，我怂恿她带我学农归来的"独立照"，可她拒绝了，选了一张我穿便装、笑容安详的照片贴身装着，还说："这张才像我心目中的妈妈！"她不知道我如今的这份安详是如何获取的。

萦袅住校的第一个月里，频频向我诉苦：半夜睡不着，伸手找不到妈妈；女浴室的门坏了，洗澡时门会突然洞开；去学校的小卖店看看，因为她是个理性花钱的孩子，迟疑着比较价格，结果被店员斥责；就连钥匙圈坏了这桩小事，也会成为她独自流泪的借口。她在电话里哭泣，说感觉到离妈妈越来越远，她想放弃独立。

我说萦袅你必须试着解决这些事，至少试一试，万一解决不了，你再打电话给我。挂断电话后，我整天都守着电话机，一旦有朋友的电话进来，我只能三言两语，说我正在等一个最重要的热线电话，稍后再打给他们。确实，眼下我最大的心愿是帮助一个女孩站起来，独自迈出第一步。

萦袅的求助电话迟迟不来，我心里空空的，整理着她的小房间，那里充满着小女孩甜腻的气息，催人心软，而且我还瞥见她留着的一根小竹棍，她曾戏言这根竹棍留着将来打丈夫。她害怕会找个恶丈夫，害怕独自面对这纷繁的世界，害怕迷失童心和爱心……刹那间，我心乱如麻。

就在此时，萦袅打来了电话，说浴室门已经报修了，现在虽还是坏的，但她每次都在上面粘上透明胶，再大的风也吹不开；小卖店的人这两天已知她的秉性了，不再冷言冷语；同桌和她一块修好了老虎钳；另外，她晚上想家伤心，后来累极了，扑通一声倒在床上熟睡了，翌日清晨，看见太阳出来了，忽然感到心情豁然开朗。

如今，萦袅依旧每天打来电话，只是内容变了，她总是兴致勃勃地告诉我她中午去了图书馆，晚饭后跟同学一块散步。她总在电话那端说：我很好，你好吗？我便在电话这端说：我很好，你好吗？那正是我心里呼唤的那种两个心心相印的平等的人在对话。

萦袅没去拍照立志，我送了她一个穿中学校服的珍妮娃娃，悄悄地把它当成萦袅独立的见证，因为一个女孩走向真正的独立，慢慢地拥有了为自己设计未来道路的勇气和能力，这真是令我喜极而泣的事。

啊，青春，青春！或许你美妙的全部奥秘不在于能够做出一切，而在于希望做出一切。

——屠格涅夫

你若是珍爱你自己的价值，你就得给世界创造价值。

——歌 德

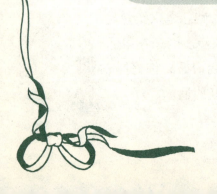

二、成功就在下一个路口

为失败做准备

【李光乾】

人应当为胜利做努力，也得为失败做准备，自恃武力强大的美国大兵是最善于为失败做准备的了。

报载，在美伊战争中，伊拉克总统萨达姆扬言，他已摆好了城市游击巷战的阵势恭迎美国大兵！在摩加迪沙吃过巷战苦头的美军不敢掉以轻心，他们在苦练怎么打胜仗的同时，也在苦练打败仗后如何当俘虏。

战俘训练课程的名称是"超压力灌输"，包含四大科目——野外生存、躲藏脱逃、积极抵抗、保命要紧。

"野外生存"就是让学员学会在没有水、没有粮食又处于敌对环境中时如何生存。在训练中，教官们当着学员的面大嚼一些奇形怪状的虫子，尽管一些学员恶心得直吐，但最终还是把这些令人恶心的虫子当"麦当劳"、"肯德基"来吃。"积极抵抗"就是不能束手就擒，要学会保护自己，消灭敌人。"躲藏脱逃"就是教你怎么躲过敌人的搜捕。为使训练逼真，学员们得赤手空拳跟那些装备了空爆弹的教官在丛林中周旋，常常连续几天吃不上食物喝不上水。如果逃不脱就沦为俘虏被关进战俘营。在模拟的战俘营里，扮演看守的教官穿着伊拉克军装，操着阿拉伯语对俘虏拳打脚踢、电击、灌水、不准吃东西、不准喝水、不准睡觉。由于过于逼真，以致一些学员精神恍惚，觉得自己真是战俘，有的学员体重一下掉了15磅！

不难看出，这种准备是残酷的，但却是必要的。它可以提高人们心理、生理的承受能力，一旦身临绝境，就能从容应付。人性的弱点就是居安不思危，缺乏忧患意识。据消防部门统计，死于火灾中的人70％以上没有受过自救训练，又据《中国女性自杀报告》一文分析，在每年大约几十万的女性自杀者中，75％以上的人缺乏失败的心理准备，一旦失恋、婚姻受挫、家庭纠纷，便导致轻生。即便是男性中的佼佼者也可能如此，项羽就是没有打败仗的心理准备，才觉得愧对江东父老而自刎的。李自成也是没有为失败做准备，进京才三个多月，便在清军的反扑下一败涂地。古人言："凡事预则立，不预则废。"无数事实说明，谁能为失败做好充分准备，谁就能化险为夷，反败为胜。

培根说："一个人的幸运的造成主要还是在他自己手里。所以，诗人说人人都可以成为自己的幸运的建筑师。"生活中，人人都希望幸运之神垂青自己，人人都幻想厄运中会出现奇迹，但这只是一厢情愿，倘若平时没有应付险恶环境的准备，一旦厄运降临，悲剧就会发生。

人生最大的光荣，不在于永不失败，而在于屡仆屡起。
——哥尔斯密

二、成功就在下一个路口

别被他人的话击倒

【高兴宇】

篮坛巨星乔丹是强者，强者自有强者的性格。他曾这样向人表白心迹："如果有人取笑我，或者怀疑我……那将成为我超水平发挥的动力。"许多人，尽管躯体具有超凡的承受力，但终其一生，却无缘跻身于强者之列。究其原因，是他们缺乏乔丹这种把世俗压力变为前进动力的气度与勇气。他们在嫉妒与讥笑面前无所适从，像霜打的地瓜秧一样，再也没有生还的希望，徒然留下让人惋惜的遗憾。

别被他人的话击倒，是品味乔丹名言的最大感想。这里，我想起了一则故事。

有一个小男孩，他的父亲是位马术师，他从小就跟着父亲东奔西跑，一个马厩接着一个马厩，一个农场接着一个农场地去训练马匹。上到初中时，一位老师叫全班同学写作文，题目是"长大后的志愿"。

当晚，他洋洋洒洒写了7张纸，描述他的伟大志愿，那就是想拥有一座属于自己的牧马农场。并且，他还仔细画了一张200亩的农场设计图，上面标有马厩、跑道等的位置，在这一大片农场中央，是建造一栋占地4000平方英尺巨宅的规划。第二天他把作文交给了老师。两天后他拿回了作文，作文第一页被批上了又红又大的不及格判语，旁边还写了一行字：下课后来见我。

脑中充满幻想的他下课后带着作文去找老师："为什么给我不及格？"

老师回答道："你年纪轻轻，不要做白日梦。你一没钱，二没家庭背景，可以说什么都没有。盖座农场可是个花钱的大工程。你

要花钱买地,花钱买马匹,花钱照顾它们。这是很难实现的,你别好高骛远了。"老师接着又说:"如果你重写一个不离谱的志愿,我会重打你的分数。"

这男孩回家后反复思量了好几次,又征询了父亲的意见。父亲只是告诉他:"儿子,这是非常重要的决定,你必须自己拿定主意。"

再三考虑后,他决定原稿交回,一个字都不改。他告诉老师:"即使拿个不及格的大红字,我也不愿意放弃梦想。"

转眼之间,20余年就过去了。那位老师带了一批新学生来到一个豪华农场,他们要在这儿度过一周的夏令营时光。这座农场足足有800亩,成群的纯种良马在农场自由自在地吃草。一座占地7000平方英尺的美丽住宅屹立在农场中央。说到这,聪慧的读者们一定能猜出这巨大资产的主人是谁了。

无意之中,师生两人在农场相遇了。当了解到昔日的学生实现了被他讥笑的"白日梦"时,这位老师很惭愧。他说:"你读初中时,我曾泼过你冷水。幸亏你有这个毅力坚持自己的梦想。"

不要被他人的话击倒,是这则故事的感想,这个感想与品味乔丹名言的感想是一致的。他人对你的语言打击像是一块石头,有的人被这块石头绊倒了,有的人却把这块石头当作台阶,用来摘取理想之树的果实。孰优孰劣,自不用多言。

记住这一条:不论做什么事,相信你自己,别被他人的话击倒。

恒心可以使你达到目的,博学可以使你明辨世事。

——席 勒

ER CHENGGONG JIUZAI XIAYIGE LUKOU

二、成功就在下一个路口

走向生活

【戴维·科宁斯】

我不敢相信自己的眼睛，又把院报办公室里那块工作人员任务牌看了一遍：

科宁斯——采访埃莉诺·罗斯福。

简直是非分之想：自己成为《西部报》报社成员刚几个月，还是一个初出茅庐的"生手"呢。兴许是写错了吧，我拔腿便跑去找责任编辑。

那是1960年10月的一天，西伊利诺伊大学的校园充满生气：返校节就要来临了。我终于找到了责任编辑，他正忙碌着。

"我刚才在办公室里看了任务牌。我想一定是有人弄错了。"我顿了顿，感到不好意思，"说是要我采访到我们学院访问的罗斯福夫人。"

责任编辑停住手中的活儿，冲我一笑："错不了。我们很欣赏你采访那位哈伍德教授时的表现。现在，我们要你承担一次更重大的任务。后天只管把你的采访报道送到我办公室来就是了。祝你走运，小伙子！"

"祝你走运！"说得轻巧。如果一个人是在踢足球或是排戏剧什么的，这话都还中听。可我是被派去采访前总统夫人，一个举世闻名的人物！埃莉诺·罗斯福不但曾和富兰克林·D·罗斯福共度春秋，而且也有过功成名就之举，而我就要去采访她！

我急匆匆直奔图书馆，一头扎进书堆，用了整整一个小时寻觅我需要的东西。我把它们一字字一句句融会贯通，如饥似渴地吮吸精神养料，连吃饭都给忘得一干二净。

你不必完美
NI BUBI WANMEI

我的书夹里夹满了卡片。我认真地将要提的问题依次排列,力图使它们中至少有一个不同于她以前回答过的任何问题。最后,我终于成竹在胸。是夜,当我兴冲冲回到家时,对即将开始的采访真有点迫不及待了。

我和罗斯福夫人的谈话是在学生活动中心一间布置得格外别致典雅的房间里进行的。当我进去时,这位75岁的老太太已经落座,但她一看见我,便马上起身和我握手。她那高大的身躯、敏锐的目光、慈祥的笑容立即给人以不可磨灭的印象。我在她旁边坐下后,便率先抛出了自己认为别具一格的问题:

"请问夫人,在您会晤过的人中,您发觉哪一位最有趣?"

我认为这问题真是提得好极了,而且,我早就预估了一下答案,名字列了一大串。无论她回答是她的丈夫罗斯福,还是丘吉尔、海伦·凯勒,或是艾森豪威尔,我都能就她选择的人物不假思索、接二连三地提出若干问题。不错,我不打无准备之仗。

埃莉诺莞尔一笑:"戴维·科宁斯。"她的回答让我始料未及,"对,我一定会选中你:戴维·科宁斯。"

我真不敢相信自己的耳朵。选中我?开什么玩笑?

"呃,夫人,"我终于挤出一句话来,"我不明白你的意思。"

"和一个陌生人会晤并开始一种关系,这是生活中最令人感兴趣的。"她感叹颇深地说,"我小的时候总是羞羞答答的,有时甚至到了凡事都缩脚缩手的程度。后来我强迫自己欢迎他人进入自己的世界——强迫自己走向生活,终于体会到广交新友是多么使人精神振奋。"

我对罗斯福夫人一个小时的采访转眼便结束了。她在一开始就使我感到轻松自如,整个采访过程中,我无拘无束,十分轻松。

我对埃莉诺·罗斯福夫人的采访报道见报后获得了全国学生新闻报道奖。然而最重要的,是罗斯福夫人提出并被我引为座右铭的人生哲学——走向生活。

走向生活、广交新友,为我的生活赋予了价值,增添了欢乐。

二、成功就在下一个路口

爱因斯坦求职记

【明廷雄】

也许有不少人在求职中碰过壁，甚至由此引发生存的危机，苦不堪言。著名科学家爱因斯坦大学毕业后也曾一度找不到工作而对生活产生绝望，但他终于渡过难关，挺了过来，并且成为世界上最伟大的人物之一。

爱因斯坦1879年出生于德国一个犹太人家庭，1900年以优秀的成绩从苏黎世工业大学师范系毕业。他家道贫寒，要不是有舅舅支持，他是不可能有钱读大学的。

大学毕业后，爱因斯坦曾想留校任教，这样可以自食其力，又可以更好地在物理学领域作进一步的研究，这倒是宁静而美妙的一种生活！可惜他在校读书期间不善于交际，"愣头愣脑"，不懂得跟教授们搞好关系。

有一位叫韦伯的教授开始挺喜欢爱因斯坦，可后来越来越疏远他了。原因是爱因斯坦既不修边幅，又不通世故，别人都管韦伯叫教授，他却叫韦伯先生。"你这样说，他偏要那样干！课也不怎么上，实验也不好好做！哼……"韦伯曾这样背后对人评论他。有一次爱因斯坦写了一篇文章送给韦伯教授看，想从他那里获得一些看法和指导。韦伯看了半天也不知爱因斯坦写的是什么东西，就把文章退给爱因斯坦，对他说："你是一个非常聪明的青年，只可惜呀，谁的话你也听不进去……"爱因斯坦脱口说："韦伯先生……"可韦伯先生听也不听，摆摆手，转身走了。现在想留校，可哪位教授又愿意推荐这位个性倔强、桀骜不驯的学生呢？

爱因斯坦只好回到住在意大利的父母家中。半年过去了，工作毫无着落。失业的窘境让爱因斯坦十分焦心。他几乎跌到了人生的谷

底。绝望之余,他竟然异想天开,想向德国伟大的化学家奥斯特瓦尔德求助。因为奥斯特瓦尔德曾经力排众议,在瑞典化学家阿伦利乌斯(1903年获诺贝尔化学奖)最困难时给予其巨大的帮助,才使他有了日后的辉煌业绩。奥斯特瓦尔德因这件事被誉为"科学伯乐"。爱因斯坦心里想,也许这位"科学伯乐"也能发现我这匹"千里马"哩!于是他就在1901年3月19日给奥斯特瓦尔德写了一封信。信里说:"由于我受了您写的《普通化学》的启示,写了一篇关于毛细作用的论文,我很冒昧地寄一份给您。同时,我很唐突地问一下,您是否要雇用一位数学物理学的助手。我这样冒昧地请求您是因为我没有钱,而且只有这样一种工作才能给予我深造的机会。"

可以想象,爱因斯坦写出这样的信是出于怎样的无奈,并且生活的挫败也使他改变了那完全不在乎别人怎么想的性格。但这位"伯乐"却没有给爱因斯坦回信,这让爱因斯坦非常失望,却又有些不甘心。4月3日他又给奥斯特瓦尔德寄了一张明信片,心想既然对方不回信,再写信去就显得有点死乞白赖,让人瞧不起。于是他找了个借口,在明信片上说上次写信可能忘了写回信地址,因此这次是特意告诉他地址的。当然,也还少不了再次说明自己的窘况。

可奥斯特瓦尔德仍然没有回信。

万般无奈中,爱因斯坦又向荷兰的莱顿大学卡末林·昂内斯教授(1913年获诺贝尔物理学奖)求助。这次他考虑得更细致,除了寄上论文,还附了一张写好自己地址并贴满往返邮票的明信片。可这张往返明信片一去不返,大约被昂内斯丢进了废纸篓。爱因斯坦的心情一定不好受。

爱因斯坦的父亲深深同情儿子的处境,觉察到失望的情绪如何刺伤了儿子的自尊心。再这样下去,也许会彻底毁了他的前程。虽然他贫病交加,也不熟悉科学界的情形,但出于深沉的父爱,他多么想能够帮儿子一把。于是他在爱因斯坦给奥斯特瓦尔德发出第二封信后的第十天,也提笔给奥斯特瓦尔德写了一封信:

亲爱的教授:

请原谅我是这样的一个父亲,为了儿子的前途竟贸然给您写信……

二、成功就在下一个路口

我儿子因为目前的失业极为不安,而且时间越长,他就越认为自己没用;更严重的是由于我不富裕,他更认为自己是家庭的一个负担。由于我儿子尊崇您是当代最伟大的科学家,我才敢于请求您读一读我儿子的论文,并请求您写几个字鼓励他一下,以使他恢复对工作及生活的信心。如果您有可能替他谋得一个助教的职位,我将感恩不已。

我再次请求您原谅我的冒昧,而且希望您不要让我儿子知道我给您写了信。

可怜的父亲,伟大的父亲!谁读了这封信能不被爱因斯坦父亲对儿子的深情挚爱所感动呢!但不知是奥斯特瓦尔德没收到这封信,还是看了仍然不为所动,爱因斯坦没有收到任何回信,更不用说什么鼓励和帮助了。

天无绝人之路。1901年4月,爱因斯坦的大学同学格罗斯曼给爱因斯坦寄来一封信,带来了好消息。信中说,瑞士伯尔尼专利局准备设立一个专门审查各种新发明的技术职位,格罗斯曼说他父亲乐于推荐爱因斯坦就任此职。

一年后,爱因斯坦终于正式到专利局上班了,职位是三级技术审查员,年薪3500瑞士法郎。他终于在23岁时摆脱了可怕的失业阴影,可以自食其力并养家糊口,不再为面包揪心发愁了。为此爱因斯坦一生都念念不忘这位同学的帮助。他多次说:"这是格罗斯曼为一个朋友所做的最伟大的一件事。"

的确,自从爱因斯坦有了固定收入的工作后,他作为一名潜在的科学大师所蕴藏的才智像汹涌的火山一样不断喷发出来。就是这位专利局的三级技术审查员,提出了惊世骇俗的相对论和光子理论,并于1921年获得了诺贝尔物理学奖,从而成为一个可以跟哥白尼、开普勒和牛顿相提并论的最伟大的科学家。

跑过冬天

【原　驰】

牧牧：

　　还记得你 5 岁那年的冬天吗？每天早晨，爸爸总是带你到离家不远的公园跑步。

　　最初，你跑一两圈就累了，停下来，央求爸爸，不要让你跑了。但是，爸爸说不行，你必须跑完。你要跑累了呀，可以慢慢跑，要是慢慢跑还累呢，可以走着，但就是不能停下来。

　　冬日清晨，公园里寂静无人。路边的杨树早已剥成秃枝，在寒冷的空气中抖动。你努力地跑着，呼出的气化成一股股白雾。渐渐地，你跑热了，脱去了黄色毛线帽，帽子在手中随着你的跑动在花坛周围画出了一圈流线。于是，冬天不再寒冷，冬天有了生命的流动。

　　如今，你要成为一个成年人了，即将接受成年洗礼。

　　你会在某个夜晚，从大地仰望天空，一颗流星划过，转瞬即逝，留下一道亮光。我说，那就是人生。在时间的长河中，一生就只是那么短短的一瞬。

　　当你生命开始的时候，你与所有的人没有什么不一样。可当你进入社会的时候，你与所有的人都不同。

　　或许，你会遇到疾病，这是生命中最大的不幸之一。但是不论遇到什么疾病，都不要放弃与它的抗争，哪怕只有三天的光明。生死不能抵御，但生活可以选择。不要拿健康做人生的抵押，一生要锻炼身体，拥有健康的身体和心理。

　　或许，你会陷入贫穷。贫穷并不可怕，可怕的是贫穷的精神。

二、成功就在下一个路口

节俭是永远的美德。如果富有，要帮助穷人。

或许，你会遭遇失败，须知人生历程逆境多，顺境少。故凡事要运用智慧，竭尽全力。社会只看重你的结果，而你要看重努力的过程，即使失败，切勿自弃。社会不同情眼泪。上帝只救自救的人。

或许，你会落入孤独。坚定的攀登者总是孤独地前行，在情感孤独中要守住自我，珍爱自己。五湖明月在，渔歌总有时。

相貌与生俱来，一个人的美丽不是给所有的人看的，也不会是所有人都觉得你美丽。支撑美丽的是品德、气质、文化。

衣着要整洁协调。如果有钱，可以穿得好一些，但不要华贵；如果有时间，可以穿得美一些，但不要繁复。

因为有了生命，时间才有了意义；因为有了时间，生命才有了延续。珍惜时间，珍惜生命，充分地使用你所拥有的时间和金钱。

尽一切人生之责！

所有的这一切，都是上苍给予你的人生苦难和责任，这就像江河行地、日月经天那样正常自然。既然如此，就让它来吧，你已经开始成人，用微笑和勇气拥抱你的人生！

人生会有许多冬天，跑起来吧，不要停下，跑过冬天！

蓬勃的青春力量多么灿烂！就和蜜桃一样多汁而新鲜。
——歌 德

不画别人的风景

【谭延桐】

美国画家怀斯,我是早就知道的。他的画中的叙事感和抒情性,都是我所喜欢的。特别是他的不落烟尘和不落俗套,更使我喜欢。按说,像怀斯这样一位怀乡写实主义绘画大师,是应该有许多人特别是晚生代来"临摹"的——因为我见多了蜂拥而来又蜂拥而去的临摹者,似乎早就见怪不怪了。

却不。比如宁子的小女儿,就是这"却不"中的一位。

宁子住在美国的西海岸城市 Torrance,是一位极其讲究生命品位的华裔美籍作家。她在 2006 年 6 月 13 日发给我的电子邮件里这样写,周末他们全家去咖啡店喝咖啡聊天,轮流谈着一些话题,不知怎么就谈到了"怀斯的村庄"。宁子发表意见说,很喜欢怀斯的风景画,希望她正在读七年级的小女儿以后能够多多地临摹一些怀斯的风景画。听到这里,女儿却说,不,她不画别人的风景。

是啊,别人的风景,即使再好,也是别人的风景;即使临摹得再逼真,也不可能摇身一变变成自己的风景。这是肯定的。肯定的事情,却逐渐被世人抹杀了,最后变成了你临摹我、我临摹你,临摹来临摹去,就总也找不到自己了。姓张或姓王,是男或是女,都无关紧要了。

很显然,宁子的小女儿是不想失去自己才不假思索地就说出了自己的心声——"不画别人的风景"的。如果她也像那只乌鸦那样出于艳羡,一心想着去"画别人的风景",我想,她将来的价值肯定也就可想而知了。世界上有了一位怀斯也就够了,是没有必要再有第

二、成功就在下一个路口

二位怀斯的，她懂。正因为她懂，并且有着自己鲜明的想法，才没有像那位牧羊人的孩子那样去盲目地夸赞，盲目地憧憬的。

说到底，重复别人，是最没有意思的一件事情，不仅耗时，而且耗神。既耗时又耗神的事儿，也只有那些半睡半醒、傻里傻气的人才肯去做。而且，往往做着做着也便纳入了集体无意识的轨道，再也出不来了，这便是自古英雄贵如金的原因之所在。

不禁就又想起了张大千。有一年，张大千去国外办画展，不无得意地在展厅里走来走去，想听到别人的赞美。一天天过去了，却没有听到一句别人的赞美声，他就不禁在想，外国人这是怎么了？怎么就不知道赞美别人呢？就在这时，对面走来了一位气宇不凡的观画者，他便控制不住地跑了过去，问人家，喂，这位先生，你觉得张大千先生的画怎么样呢？那位先生只是轻描淡写地瞥了他一眼，毫不客气地说了这样一句，张大千在哪里？就是这一句，犹如当头一棒，顿然把张大千砸了个两眼冒金星。后来，张大千彻底摆脱了别人的影子，真正找到了"自己"，据说与这当头一棒有着直接的关系。

多好的一棒啊，这才叫"棒喝"。即使别人不来棒喝自己，自己也是应该经常地棒喝一下自己的。也只有在这样的不断棒喝下，自己才会避免生锈，最终炼成一块好钢，成为不可替代的自己。

泰山有泰山的风景，黄山有黄山的风景，华山有华山的风景，衡山有衡山的风景……这谁都知道，如果它们彼此临摹，临摹来临摹去，肯定这个世界上就再也没有了泰山、黄山、华山和衡山了，大家也就彼此一样了，鼻子、眼睛、眉毛都一样了，再也分不清你和我了。那么，最终的下场就只有一个——可悲。

数来数去，可悲的例子还真有不少，就比如，春秋时代那个以效颦而闻名于世的东施吧，本来，她是活得好好的，却偏偏要去模仿人家越国的美女西施，模仿西施的一举手，一投足，一颦，一笑……模仿来模仿去，最终便成了世人的笑料了。

当然还有更可悲的，比如我早年在童话里所写的那只十分幼稚的小兔，看见刺猬浑身带刺，还以为它有多酷呢，就忍不住去模仿，在自己的身上扎下了很多很多的牙签——疼得它呀！可是，它却忍着，为了让自己变得越来越酷，像刺猬一样酷，甚至比刺猬还酷，它坚强地忍着。为了不让别的小兔知道它变酷的秘密，它还偷偷地把主人的牙签全都独占了，兢兢业业地一根一根地往自己的身上扎，扎，扎……扎来扎去，小兔就发炎了，皮肤溃烂了，最终无药可救，死掉了。

这就是"临摹"的后果！

如果，他们也能像宁子的小女儿那样知道"临摹"的后果，坚决不去"画别人的风景"，而是一心一意地"画自己的风景"，至少，遗憾是不会走近他们的。为了不让遗憾走近自己，和自己拉关系、套近乎，像宁子的小女儿那样从小就清醒地认识自己，也认识世界，无论别人的风景有多诱惑，就是坚决不去画别人的风景，美好的境界自然就成了。

青春终究是幸福的，因为它有未来。
　　　　　　　　　　　　——果戈理

从经验中学习收效很慢，而且要以错误为代价。
　　　　　　　　　　　　——简恩斯·弗路德

二、成功就在下一个路口

烧炭工和绅士

【亚米契斯】

诺比斯的父亲是当地的有钱绅士,因此诺比斯便趾高气扬,目中无人。他父亲身材魁梧,蓄着浓密的黑胡子,表情十分严肃,几乎每天陪儿子上学,接儿子放学。昨天上午,诺比斯跟班里最小的一个孩子、烧炭工的儿子倍梯吵架。诺比斯自知理亏,无法辩解,就冲着倍梯气急败坏地说:

"你父亲是个乞丐!"

倍梯委屈得要命,顿时面红耳赤,默不作声,热泪夺眶而出,回到家里,便一五一十地告诉了父亲。

午饭过后,全身黑糊糊、个子矮小的烧炭工领着孩子来到学校,向老师抱怨。大家不吱一声,只是静悄悄地、全神贯注地听着。跟往常一样,诺比斯的父亲正在门口给儿子脱外衣,他听到有人叫自己的名字,便走进教室,问是怎么回事。

"是这位工人先生在抱怨您儿子。您儿子对他儿子说:'你父亲是个乞丐!'"老师回答。

诺比斯的父亲听后,皱皱眉头,羞愧得有点儿脸红,于是询问儿子:"你说那句话了吗?"

诺比斯站在教室中间,当着倍梯的面,低着头不言不语。父亲紧紧抓着儿子的胳膊,把他拉到倍梯的面前说:"快道声对不起。"

烧炭工以和事老的口吻连声说:"算了吧,算了吧。"

可绅士不理睬他,依然谆谆劝告儿子说:"照我的话这样说:'我说了愚昧无知的话,侮辱了你的父亲,请你原谅。如果我的父亲能紧

握你父亲的手,那将是非常荣幸的!'"

烧炭工做了个果断的手势,好像在说:"我不愿意。"绅士不听他的话,逼儿子照他说的办。他的儿子头也不抬,轻声细气而断断续续地说:"我说了——愚昧无知的话,侮辱了——你的——父亲。请——你原谅。如果我父亲——能紧握你——父亲的手,那——那将是非常——荣幸的。"

绅士向烧炭工伸过手,烧炭工用力紧握着。然后,烧炭工捅了儿子一把,儿子心领神会,扑到诺比斯怀里,俩人紧紧拥抱。

"喂,请您帮个忙,让他俩坐在一起好吗?"绅士问老师。于是,老师把倍梯安排到诺比斯旁边坐下。待他俩坐好后,诺比斯的父亲打个招呼告辞了。

烧炭工若有所思地站了片刻,全神贯注地凝视着靠近坐好的两个孩子,然后,来到课桌前,带着爱怜和歉意的表情端详着诺比斯,仿佛想说些什么,可什么也没说出来。他伸手想慈爱地跟他亲热一下,似乎又没有这个胆量,只是用他那粗大的手指轻轻地碰了一下诺比斯的额头。他走到教室门口,回头瞥了诺比斯一眼,才迈着步子慢慢走开了。

"孩子们,你们要牢牢记住今天看到的事情。"老师语重心长地说:"这是本学年最精彩的一课了!"

年轻时代是培养习惯、希望及信仰的时光。

——罗斯金

二、成功就在下一个路口

六英尺四英寸

【爱德华·齐格勒】

我有一枚父亲给的小钱,那是他给我的"安慰奖"。我试图把他斧子上的缺口磨平,但我失败了。

磨斧子并不纯粹是为了干着玩。爸爸需要把斧子磨快,用它劈柴生灶。那是1938年,我们家在弗蒙特州租了个年代久远的农场,以远离布鲁克林闷热的街道。当时爸爸是那里的牧师。

我沮丧地凝视着这一分钱。"别泄气,泰迪,"父亲说,"我看你干得不错。"他对我过奖了。

"看你手里的小钱,"他又说,"你知道那上面是谁的头像?""知道,是亚伯拉罕·林肯。""对。他也碰到过无数的挫折。不过,他没有因此一蹶不振。"

爸爸面带微笑,继续说着,似乎在讲解他的"初级教义"。我的哥哥,八岁的迈克尔坐在一棵白桦树桩上,我站在旁边。

爸爸问关于林肯我们知道些什么。我能说的只有这个伟人出生在一间小木屋里,而且常常爱就着火光读书。迈克尔知道得多些:林肯解放了奴隶,拯救了合众国,并且为了他的理想,在耶稣被害同一天——倒霉的星期五,遭人枪杀。"一点不错,"爸爸说,"但是,你们是否知道林肯经营过杂货铺,破了产,并且因此而负债累累?是否知道他两次竞选参议员均遭败绩?事实上,他一生坎坷,历经挫折。然而,人的一生又有几个人能比他更顺利些呢?"

"重要的是,林肯不失为一个有志者。"爸爸接着说,"他有坚韧不拔的毅力。这一点正是你们现在就应该具有的品格。泰迪,毅

力，意味着一种沉着而耐心地承受不幸的力量。"

然后，出乎意料地，父亲在他的说教中讲了一段令人难以忘怀的话，这段话从此深深地铭刻在我心头。"林肯在精神上和体格上都是一个非常伟大的人物，"爸爸说，"你们知道，他身高六英尺四英寸！"他走到后门廊一张他准备讲稿和写信的书桌前，取出一支削尖的铅笔。"来，孩子们，我给你们看他有多高。"

他指着一根门廊柱子。"泰迪，你先来。"六岁的我，把躯干伸直，贴在柱子上。只觉得铅笔在我头上擦过，爸爸画了一条线，表示我的高度。他把我名字的首写字母EWZ和日期写在线的上方，接着又叫过迈克尔，也给他画了一条线，注上MSZ。然后，他又画出自己的身高，五英尺八英寸，并且标明VEZ。

接着，他用木工折尺在漆得雪白的柱子上高高地画了一条线，并用印刷体写上"亚伯拉罕·林肯——六英尺四英寸"。

刹那间，我似乎能看到林肯就站在那里。

爸爸又给我们讲了一些有关林肯的故事：从一个喜欢逗趣的平底船工、魁梧健壮的锯木者、土地勘测员，到无师自通的律师、演说家，以及最终成为深谋远虑的总统。

所有这些故事都告诉我们：林肯的伟大应归功于他能从他所受到的挫折中汲取力量。爸爸说，失败能比成功给你更多的教益。处逆境，我们日后才能兴旺发达；遭挫折，我们才懂得奋勇向前。

我觉得自己似乎长高了些。

光阴荏苒，弹指数年。我们全家瞻仰了伊利诺伊州斯普林费尔德的林肯故居和林肯墓。以后，我又独自到过气势恢宏的林肯纪念堂。站在沉思的林肯雕像前，我完全被折服了。

作为一个在中学和大学期间都是研究历史的学生，我对这个伟人有了更多的了解，并且逐步体会到父亲对林肯那种不怕滚一身泥、沾一手油的精神所怀有的特殊敬意。"要记住体力劳动的尊严，"爸爸说，"要坚信人都有从善的可能。正如林肯所说的那样，'我们

二、成功就在下一个路口

每个人心中都有一个善良的天地'。"

一晃又是几年，我也有了自己的儿子。以父亲为表率，我也想试着把林肯的价值观灌输给他们。

八月的一个下午，我和妻子带着两个孩子，一个五岁，一个七岁，到弗蒙特州那间旧农舍去。那地方看上去比我记忆中要小些，却出奇的整洁。房子刚刚重新油漆不久。

我们走到门前，大声呼喊。没有回答。那地方好像没人住。当我们转到屋子后面时，我感到自己的心在怦怦直动。

眼前出现了后门廊，几乎已经无法辨认出它就是昔日父亲用作办公室的地方。30年前他自己打的书桌和松木书架已经荡然无存。但是，我看到他挂油布雨衣的钉子还在那里。那雨衣，他常用来遮挡狂风暴雨。

一个念头像在黑洞洞的泥土里蠕动的蚯蚓，悄然爬上我的心头：当年画的那些线还在吗？简直是想入非非，毫无疑问，它们一定是被新涂的白漆覆盖了。我转过身，面对曾经刻有林肯字样的柱子——顿时，我眼前一亮：有人偶然发现了我们的圣地，并对其表示了他本人的敬意。细心的房屋油漆人没有涂抹柱子上的字，当年写的那些字依然清晰可辨。

我们仔细观察了好一会儿，我仿佛看到油漆者一身斑驳地站在那里，既充满好奇，又急欲干完手头的活，一时竟不知如何是好。他缓缓地沿着柱子向上看去：名字的首写字母，接着，又是名字的首写字母，直到他的目光停留在写得最高的那一排字上。

谁能想象得出他脑子里联翩浮现的是什么？然而，无论他想的是什么，当时他的心情必定与当年发生那一幕时的情景十分接近，以至于他情不自禁地停了手。我不禁想，假如今天再叫我磨那把斧子，那该是多么轻而易举的事啊。从父亲的教诲中，我领悟到：我们每个人身上都有一种长大成熟的力量，只要有足够的勇气，只要我们用伟人的精神沐浴我们的灵魂，那么，一如我们在生理上必然

长大那样，我们在心理上也会变得成熟起来。林肯的情况是这样，父亲和我是这样，我的儿子们也将会是这样。

"想把你们名字的首写字母写上去吗？"我问孩子们。五岁的麦特首先挺直身子，靠在柱子上。于是，我画出他的身高，用铅笔写上MSZ。接着是安迪，他略高几英寸。写完安迪的名字的首写字母ANZ，我后退几步，站在那里，一种庄严的情感涌上心头。我久久地望着三代人的名字，望着柱子最上面那一排字：亚伯拉罕·林肯——六英尺四英寸。

> 成功与美德是衡量人生事业的两种尺度，同时具备这两者的人，是幸福的。
> ——培 根

> 虽然紫菀草越是被人践踏长得越快，可是青春越是浪费，越容易消失。
> ——莎士比亚

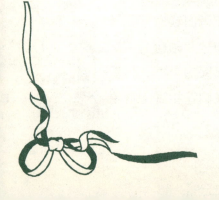

三、亲情昼夜无眠

SAN QINQING ZHOUYE WUMIAN

合欢树 / 史铁生
慈父家训 / 杰克逊·布朗
父爱昼夜无眠 / 尤天晨
十五岁少年和他的九弟妹 / 佚 名
最好的忠告 / 玛丽亚·马丁
给我未来的孩子 / 张淑梅
趁父母还健在 / 海托夫
打个电话给家人 / 客 人
创造九章（节选）/ 叶 梦

合欢树

【史铁生】

　　10岁那年,我在一次作文比赛中得了第一。母亲那时候还年轻,急着跟我说她自己,说她小时候的作文作得还要好,老师甚至不相信那么好的文章会是她写的。"老师找到家来问,是不是家里的大人帮了忙。我那时可能还不到10岁呢。"我听得扫兴,故意笑:"可能?什么叫'可能还不到'?"她就解释。我装作根本不在意她的话,对着墙打乒乓球,把她气得够呛。不过我承认她聪明,承认她是世界上长得最好看的女人。她正给自己做一条蓝底白花的裙子。

　　我20岁时,我的两腿残废了。除去给人家画彩蛋,我想我还应该再干点别的事,先后改变了几次主意,最后想学写作。母亲那时已不年轻,为了我的腿,她头上开始有了白发。医院已明确表示,我的病目前没法治。母亲的全副心思却还放在给我治病上,到处找大夫,打听偏方,花了很多钱。她倒总能找来些稀奇古怪的药,让我吃,让我喝,或是洗、敷、熏、灸。"别浪费时间啦,根本没用!"我说。我一心只想着写小说,仿佛那东西能把残疾人救出困境。"再试一回,不试你怎么知道会没用?"她每说一回都虔诚地抱着希望。然而对我的腿,有多少回希望就有多少回失望。最后一回,我的胯上被熏成烫伤。医院的大夫说,这实在太悬了,对于瘫痪病人,这差不多是要命的事。我倒没太害怕,心想死了也好,死了倒痛快。母亲惊惶了几个月,昼夜守着我,一换药就说:"怎么会烫了呢?我还总是在留神呀!"幸亏伤口好起来,不然她非疯了不可。

　　后来她发现我在写小说,她跟我说:"那就好好写吧。"我听出

三、亲情昼夜无眠

来,她对治好我的腿也终于绝望了。"我年轻的时候也喜欢文学,跟你现在差不多大的时候,我也想过搞写作。你小时候的作文不是得过第一吗?那就写着试试看。"她提醒我说。我们俩都尽力把我的腿忘掉。她到处去给我借书,顶着雨或冒着雪推我去看电影,像过去给我找大夫、打听偏方那样,抱了希望。

30岁时,我的第一篇小说发表了,母亲却已不在人世。过了几年,我的另一篇小说也获了奖,母亲已离开我整整7年了。

获奖之后,登门采访的记者就多。大家都好心好意,认为我不容易。但是我只准备了一套话,说来说去就觉得心烦。我摇着车躲了出去。坐在小公园安静的树林里,想:上帝为什么早早地召母亲回去呢?迷迷糊糊的,我听见回答:"她心里太苦了。上帝看她受不住了,就召她回去。"我的心得到一点安慰,睁开眼睛,看见风正在树林里吹过。

我摇车离开那儿,在街上瞎逛,不想回家。

母亲去世后,我们搬了家。我很少再到母亲住过的那个小院子去。小院在一个大院的尽头,我偶尔摇车到大院儿去坐坐,但不愿意去那个小院子,总推说手摇车进去不方便。院子里的老太太们还都把我当儿孙看,尤其想到我又没了母亲,但都不说,光扯闲话,怪我不常去。我坐在院子当中,喝东家的茶,吃西家的瓜。有一年,人们终于又提到母亲:"到小院去看看,你妈种的那棵合欢树今年开花了!"我心里一阵抖,还是推说手摇车进出太不易。大伙就不再说,忙扯到别的,说起我们原来住的房子里现在住了小两口,女的刚生了个儿子,孩子不哭不闹,光瞪着眼睛看窗户的树影儿。

我没料到那棵树还活着。那年,母亲到劳动局去给我找工作,回来时在路边挖了一棵刚出生的绿苗,以为是含羞草,种在花盆里,竟是一棵合欢树。母亲从来喜欢那些东西,但当时心思全在别处。第二年,合欢树没有发芽,母亲叹息了一回,还不舍得扔掉,依然让它留在瓦盆里。第三年,合欢树不但长出了叶子,而且还比较茂

盛。母亲高兴了好多天,以为那是个好兆头,常去侍弄它,不敢太大意。又过了一年,她把合欢树移出盆,栽在窗前的地上,有时念叨,不知道这种树几年才开花。再过一年,我们搬了家,悲痛弄得我们都把那棵小树忘记了。

与其在街上瞎逛,我想,不如去看看那棵树吧。我也想再看看母亲住过的那间房。我老记着,那儿还有个刚来世上的孩子,不哭不闹,瞪着眼睛看树影儿。是那棵合欢树的影子吗?

院子里的老太太们还是那么喜欢我,东屋倒茶,西屋点烟,送到我跟前。大伙都不知道我获奖的事。也许知道,但不觉得那么重要,还是都问我的腿,问我是否有了正式工作。这回,想摇车进小院儿真是不能了。家家门前的小厨房都扩大了,过道窄得一个人推自行车进出也要侧身。我问起那棵合欢树,大伙说,年年都开花,长得跟房子一样高了。这么说,我再看不见它了。我要是求人背我去看,倒也不是不行。我挺后悔前两年没有自己摇车进去看看。

我摇车在街上慢慢走,不想急着回家。人有时候只想独自静静地待一会儿。悲伤也成了享受。

有那么一天,那个孩子长大了,会想起童年的事,会想起那些晃动的树影儿,会想起他自己的妈妈。他会跑去看看那棵树。但他不会知道那棵树是谁种的,是怎么种的。

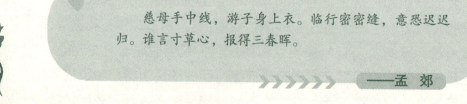

慈母手中线,游子身上衣。临行密密缝,意恐迟迟归。谁言寸草心,报得三春晖。

——孟 郊

三、亲情昼夜无眠

慈父家训

【杰克逊·布朗】

爸爸的教诲像一盏灯，为我照亮前程；爸爸的关怀像一把伞，为我遮风挡雨。

——题记

几年前，我读到父亲的责任不是为子女铺路，而是给他们一张道路图，因此，在我的儿子亚当准备离家去上大学时，我零零星星写下一些忠告，放在一个活页夹里。他母亲和我帮他搬进宿舍后，我就把那个活页夹送给了他。

过了几天，亚当打电话给我。"爸，"他说，"那活页册子是我有生以来收到的最好礼物之一。我会在里面再加些其他的，将来转送给我的儿子。"

下面是我给他的忠告：

跟人讲话时正视对方的眼睛。

对人多说一声"谢谢你"。

对人多说一声"劳驾"。

量入为出。

己所欲，施诸人。

每年捐血两次。

结交新朋友，但珍惜旧友情。

严守秘密。

学艺就老老实实去学，切勿浪费时间去学其中的花招。

承认错误。

要勇敢。即使你不是勇敢的人,也要装出勇敢的样子,没有人能辨别真假的。

选定某个慈善机构,出钱出力支持它。

永远不要为了可以赊账而用信用卡,只有在信用卡能给你方便时才用它。

永不欺诈。

永远不要使别人失去希望,他所有的可能就只有希望。

学会谛听。机会叩门有时候是很轻的。

不要祈求上天赐你身外物,要祈求智慧和勇气。

愤怒时切勿行动。

保持良好的姿态。踏进任何房间时,都要昂首阔步,充满自信。

不要在电梯里谈公事,你永远不知道站在旁边的人是否会偷听。

在完工以前,切勿付钱给人。

要赢得战争,不妨打一次败仗。

不要飞短流长。

当心那些已没有什么可输的人。

执行艰巨任务时,要表现得好像只许胜、不许败。

毋轻许诺。学习怎样有礼貌地、干脆地拒绝他人的要求。

切勿期望人生是公平的。

永远不要低估宽恕的力量。

与妻子吵嘴时,切勿拂袖而去。

买家具和衣服时,假如你预算要用它们五年以上,就尽量购买最好的。

做事要大胆、勇敢。将来你回顾过去时,后悔没有做的事总会比后悔做了的事多。

开会没什么大用,可以不理。改变世界的崇高新主意往往是一个人独自埋头苦干得来的。

三、亲情昼夜无眠

街头音乐家是宝库。停下来听，然后给他一点钱。

健康出现严重问题时，至少得听三位医生的意见。

切勿乱丢垃圾。

在商店和餐馆，如果服务恶劣，要促请主管人注意，好的经理会感谢你的提醒。

不要拖延。在必须做的时候做该做的事。

分清轻重缓急。从来没有人在临死之时说："唉，如果我在办公室多花点时间就好了。"

不要怕说："我不知道。"

不要怕说："对不起。"

写出你希望在死前做的 25 件事情，把单子放在皮夹里，经常拿出来看。

> 母亲的爱是永远不会枯竭的。这说明母爱是非常伟大的，是永远伴随在我们身边的。
>
> ——冈察尔

父爱昼夜无眠

【尤天晨】

父亲最近总是萎靡不振,大白天躺在床上鼾声如雷,新买的房子如音箱一般把他的声音"扩"得气壮山河,很是影响我的睡眠——我是一名昼伏夜"出"的自由撰稿人,并且患有神经衰弱的职业病。我提出要带父亲去医院看看,他这个年龄嗜睡,没准就是老年痴呆症的前兆。父亲不肯,说他没病。再三动员失败后,我有点恼火地说,那您能不能不打鼾,我多少天没睡过安生觉了!一言既出,顿觉野蛮和"忤逆",我怎么能用这种口气跟父亲说话?父亲的脸在那一刻像遭了寒霜的柿子,红得即将崩溃,但他终于什么也没说。

第二天,我睡到下午4点才一觉醒来,难得如此"一气呵成"。突然想起父亲的鼾声,推开他的房门,原来他不在。不定到哪儿玩麻将去了,我一直鼓励他出去多交朋友。看来,虽然我的话冲撞了父亲,但他还是理解我的,这就对了。父亲在农村穷了一辈子,我把他接到城里来和我一起生活,没让他为柴米油盐操过一点心。为买房子,我欠了一屁股债。这不都得靠我拼死拼活写文章挣稿费慢慢还吗?我还不到30岁,头发就开始"落英缤纷",这都是用脑过度、睡眠不足造成的。我容易吗?作为儿子,我唯一的要求就是让他给我一个安静的白天,养精蓄锐。我觉得这并不过分。

父亲每天按时回来给我做饭,吃完后让我好好睡,就又出去了。有一天,我随口问父亲,最近在干啥呢?父亲一愣,支吾着说:"没,没干啥。"我突然发现父亲的皮肤比原先白了,人却瘦了许多。我夹些肉放进父亲碗里,让他注意加强营养,父亲说,他是"贴骨膘",

三、亲情昼夜无眠

身体棒着呢。

转眼到了年底。我应邀为一个朋友所领导的厂子写专访，对方请我吃晚饭。由于该厂离我的住处较远，他们用车来接我。饭毕，他们又送我一套"三枪"内衣，并让我随他们到附近的浴室洗澡。雾气缭绕的浴池边，一个擦背工正在一肥硕的躯体上刚柔并济地运作。与雪域高原般的浴客相比，擦背工更像一只瘦弱的虾米。就在他结束了所有程序，转过身来随那名浴客去更衣室领取报酬时，我们的目光相遇了。"爸爸！"我失声叫了出来，惊得所有浴客把目光投向我们父子，包括我的朋友。父亲的脸被热气蒸得浮肿而失真，他红着脸嗫嚅道，原想跑远点儿，不会让你碰见丢你的脸，哪料到这么巧……

朋友惊讶地问，这真是你的父亲吗？

我说是。我回答得那样响亮，因为我没有一刻比现在更理解父亲，感激父亲，敬重父亲并抱愧于父亲。我明白了父亲为何在白天睡觉了，他与我一样昼伏夜出。可我深夜沉迷写作，竟从未留意父亲的房间没有鼾声！

我随父亲来到更衣室。父亲从那个浴客手里接过3块钱，喜滋滋地告诉我，这里是闹市区，浴室整夜开放，生意很好，他已攒了一千多块了，"我想帮你早点把房债还上。"

在一旁递毛巾的李大爷对我说，你就是小尤啊？你爸为让你写好文章睡好觉，白天就在这些客座上躺一躺，唉，都是为儿为女哟……

我心情沉重地回到浴池。父亲撇下老李头，不放心地追了进来。父亲问，孩子，想啥呢？我说，我想，让我为您擦一次背……话未说完，就已鼻酸眼热，温湿的液体借着水蒸气的掩护蒙上眼睛。

"好吧，咱爷俩互相擦擦。你小时候经常帮我擦背呢。"

父亲以享受的表情躺了下来。我的双手朝圣般拂过父亲条条隆起的胸骨，犹如走过一道道爱的山冈。

十五岁少年和他的九弟妹

【佚 名】

1982年2月21日，已有九个孩子的日本妇女瑠美子（当时37岁）突然因脑出血昏倒了。当时，她已是临产之前。

在被抬上救护车时，瑠美子对丈夫说："钱放在衣柜里，请带来。"那是她为生孩子准备的住院费。

瑠美子住院后一直昏睡不醒。医生果断地提出："先保孩子吧！"父亲点头同意了。

就这样，第十个孩子留理男获得了生命。而母亲却对他的出生毫无知觉，终于在2月24日永远地安息了。

母亲的去世，对父亲是一个沉重的打击，使他一度失去了工作的勇气，有时整天喝闷酒。这样的生活持续了一年多。

是孩子们使父亲恢复了生活的勇气，他又开始工作了。1984年7月，父亲就职的建筑公司迁往名古屋一带，他只好同孩子们分别，一个人离开了静冈县的家，每星期六回来，星期一清晨又返回名古屋。

10个孩子的独立生活开始了。大哥贵浩今年15岁，最小的弟弟留理男今年才3岁。

"我回来了。"排行第四的二女儿千草从学校回到家。"今天做什么晚饭呢？"负责炊事的千草向大哥贵浩问道。

"嗯……做咖喱饭吧。"

"好，请给钱吧。"

从哥哥手里接过茶色的小钱包，打开看看，里面仅放着几千日元的零钱，但作为今天的晚餐费已足够了。千草骑着自行车，到附

三、亲情昼夜无眠

近的自选商场去了。

这时,三女儿回来了,她一进家门就打开书本,开始做算术题。接着,孩子们一个个接踵而归。

不一会儿,千草也气喘吁吁地回来了。

"哥,今天花了 2500 日元,因为买了木鱼和香波。"

一天花 2000 日元是贵浩的目标,今天稍稍超支了。

155 日元买的六个奶油面包是三个小弟妹明天的早点,103 日元的午餐肉和 245 日元的油炸虾是三个中学生第二天午餐的菜肴。此外,还买了其他种种东西,全是早就周到地考虑好了的。

在六叠的屋子里,四女儿叶子把堆如小山般的干净衣服按人分开,整整齐齐地折叠起来。洗晒衣服则是长女秋叶的工作。除了三儿子和上保育园的三个小弟妹之外,其他的孩子都分担了一定的家务劳动。

千草用菜刨子迅速地削掉土豆皮,然后将土豆、萝卜、洋葱头洗净、切好。洋葱头的辣味呛得她流出了眼泪,不由背过身去,向后退了几步。

今晚的菜谱是:没有肉的咖喱饭和酱汤,还有什锦酱菜。

千草停下手,忽然说:"真的,肉实在太贵了。"

12岁的千草是顶事的主妇,她对前来采访的记者说:"今天本打算买牛奶,考虑了半天最后还是没买。平常一罐牛奶卖 198 日元到 207 日元,但每月总有几次大减价,才卖 98 日元,我想等减价时买三罐吧。今天去商场一看,大减价昨天就结束了,于是就没买。"

从厨房飘来咖喱饭的香气。二哥国博站起身,开始摆饭桌。就餐的准备工作和浴室卫生由他负责。

秋叶在厨房帮了会儿忙后,便开动了洗衣机。脏衣服已装满了三个洗涤剂空箱和两个洗衣筐,如果不边吃晚饭边洗衣服,就要加夜班了。最多时一次要洗 60 件衣服。

千草说:"每个人分担的家务都是爸爸决定的。我们不让爸爸

你不必完美

看考试结果或者我们的成绩不理想,他都不生气;但如果谁没做好分担的家务,他马上就会发火。"

饭做好了。千草将盛着咖喱饭的盘子送上餐桌,秋叶端上酱汤。

"我吃饭了!"孩子们齐声喊道。

不一会儿,4岁的三千惠和3岁的留理男拿着叉子玩闹起来。于是,大哥贵浩显示出"父亲"的威严:"不要打闹,好好吃饭!"

三千惠喝完一碗酱汤,站起身自己去盛,仅仅4岁的三千惠……

晚上8点开始洗澡。大孩子帮小孩子洗。留理男由大哥贵浩给洗了澡,穿着拖鞋满地跑。正在练习写汉字的千草赶快从衣箱里取出短裤给他穿上。

秋叶晾好洗净的衣服,开始打扫厨房和走廊。三女儿用吸尘器扫净佛堂,铺好被褥。

一切家务都做好后,孩子们挤在一起进入了梦乡。

十兄弟的事迹见报后,各地寄来了许多鼓励信。其中有一封是现金汇款挂号信。拆开信封一看,内装十万日元的巨款。

"我大吃一惊,但静下心来考虑之后,我写了答谢信,装进原信退了回去。能够得到帮助我很高兴,但也想到还有比我们更困难的人。"大哥贵浩说。

虽然没和父亲商量,但他想,父亲是会同意的。

早晨6点30分,大姐秋叶第一个起床。

屋外下着雨,天气很冷。秋叶穿着方格花纹的红色运动衫,在厨房准备三个中学生带的盒饭。

6点50分,千草、叶子等也起来了,还叫醒了小弟妹们。

三千惠也开始自己穿衣服,只有留理男还躺在床上"耍赖"。

"喂!快睁开眼睛!"叶子边穿衣服边对留理男嚷起来。

大家都起床后,便开始吃早饭。小孩子们双手捧着奶油面包,边跑边吃。千叶吃着昨晚剩下的咖喱饭。

三、亲情昼夜无眠

这时，电话铃响了。刚刚 7 点 25 分。

叶子拿起话筒说了两三句后，便叫道："三千惠，你的电话。"

是身在名古屋的父亲打来的电话，每天早晚两次，像"班车"一样。

"嗯，要当个好孩子。"爸爸在电话中叮嘱说。

三女儿紧张地忙碌着。今天轮到她送小弟妹们去保育园。因为赶上了下雨天，很是麻烦：雨鞋、雨伞都要带。一磨蹭就没时间吃早饭了。

"快走吧。"千叶说着带领三个小孩子啪嗒啪嗒地走出家门。

这天上学迟到了的是三儿子：吃饭倒数第一，还一边唠叨着："那个……我的袜子哪儿去了？"最后，只好从放脏衣服的箱子中拽出昨天穿过的脏袜子——违反了家里的规定。

由于他经常当"老末"，负责招呼大家出门的国博大怒，拿着带花纹的红雨伞径自走出门去。

最后离开家的贵浩，向着空无一人的家——如同向父母道别一样地喊道："我去啦！"

十个孩子新的一天又开始了。

> 全世界的母亲多么的相像！她们的心始终一样。每一个母亲都有一颗极为纯真的赤子之心。
>
> ——惠特曼

最好的忠告

【玛丽亚·马丁】

在我大约12岁时，有个女孩子是我的对头，她总爱挑我的缺点。日久天长，她把我的缺点数了一大串，什么我是皮包骨，我不是好学生，我是捣蛋姑娘，我讲话声音太大，我自高自大……我尽量克制着自己。最后，我再也忍不住了，含着眼泪和愤怒去找爸爸。

爸爸平静地听完我的申诉后，问道："她所讲的这些是否正确？"

"正确？我想知道的是怎样回击！它同正确有什么关系？"

"玛丽亚，难道知道自己实际上是怎样的不好吗？现在你已知道那个女孩子的意见，去把她所讲的都写出来，在正确的地方标上记号，其他的则不必理会。"

我遵照爸爸的话将那个女孩子的意见列了出来，并奇怪地发现，她所讲的有一半是正确的。有一些缺点我不能改变，例如我很瘦，但是大多数我都能改，并愿意立即改掉它们。在我的生平中，我第一次对自己有一个公正清晰的认识。

我把单子送给爸爸，他拒绝收下。爸爸说："留给你自己吧！你现在比任何人都了解自己。当你听到意见时，不要由于生气、伤心而听不进去。你会分辨出正确的批评，它会在你的内心产生反响。"

父亲是镇子上最有学识的人。他是当地最有名望的律师、法官及校务会的会长。当然，眼下我还很难完全接受爸爸的话。

"不管怎样，我认为在别人面前议论我是不对的。"我说。

"玛丽亚，只有一条路可以不再被人议论、不受别人批评，那就是什么也不说，什么也不做。当然，结果便是你一事无成。你是不

三、亲情昼夜无眠

愿成为这种人的,对吗?"

"那当然!"我承认道。从那时起,我就立下了雄心。

对于如何正确地听取意见,我还经过一个更惨痛的教训。那次我们要参加一个高年级演出,在一个节目里,我将担任主角,多令人兴奋啊!

在演出的前几天,我的朋友们商定要到附近的湖边去野炊,那天天气阴冷,妈妈想让我待在家里免得着凉。我为此大发脾气。最后在我答应不下湖游泳后,妈妈才让步了。

当然,我仅遵守允诺的字眼而不是精神。当别人下水时,我也不甘落后,穿上游泳衣上了划艇。

当我最后划向岸边时,几个男同学开始摇晃我的船;我正准备靠岸,船翻了。为了不掉进水里,我一步迈上岸,不料却踩到了一个破瓶子,碎玻璃一直扎到脚跟的骨头上。

那场演出,我没有上场。我住院时,我的替角的演出获得了成功。

"但是我遵守了自己的允诺,并没有去游泳。"我对父亲说。

"玛丽亚,妈妈讲的话,你只听了一半。她让你答应的是要避免感冒,去游泳只是它的一部分,你只听了一半道理。结果,你自己受到惩罚。"

最后我辩解道:"我所有的朋友都认为如果我待在船里,就不会出事了。"

"但是他们都错了!"爸爸停了一会儿说,"你会发现世界上有许多人,他们自认为在对你负责。不要拒绝听他们的意见。但是只要吸收正确的意见,并去做你认为是正确的事情。"

在许多关键的时候,我都想起父亲的教导。由于一个偶然的机会,我来到好莱坞闯入电影界。在电影城我试遍了每一家制片厂。岁月流逝,两年过去了,我还没有找到工作。有一位导演,讨厌总碰到我。他说:"你的鼻子太大、脖子太长,你这副模样永远不能演电影。相信我,我是内行!"我想,假如这是正确的,但我对此无能为

你不必完美
NI BUBI WANMEI

力。对我的脖子和鼻子我毫无办法,只好不管它们而用加倍的努力来取得成功!我所需要的正确意见,最后来自一位善良、聪慧,名叫杰罗姆·克恩的人。他对我说:"你必须学会用你自己的方法去唱。"

起初,我很灰心,对他的话也不大在意;事后,我又想了一遍,觉得很对。它鼓舞着我,正像父亲常对我讲的那样。假如我一旦成功,这一定是我自己,而不是别人。

几个星期以后,好莱坞夜总会宣布候补演员演出节目。同以往一样,"候补玛丽"又登台了。但这次,我不试图模仿他人,我是我自己。我不想施展魅力,只穿上一件普通的镶有黑边的白罩衫,并用我在得克萨斯学到的唱法放开喉咙歌唱。我成功了,并找到了工作。

作为男人的一生,是儿子也是父亲。前半生儿子是父亲的影子,后半生父亲是儿子的影子。

——贾平凹

三、亲情昼夜无眠

给我未来的孩子

【张淑梅】

孩子，我首先希望你自始至终都是一个理想主义者。你可以是农民，可以是工程师，可以是演员，可以是流浪汉，但你必须是个理想主义者。当你童年，我们讲英雄的故事给你听，并不是要你一定成为英雄，而是希望具有纯正的品格；当你少年，我们让你接触诗歌、绘画、音乐，是为了让你的心灵填满高尚的情趣。这些高尚的情趣会支撑你的一生，使你在最严酷的冬天也不会忘记玫瑰的芳香。理想会使人出众。孩子，不要为自己的外形担忧。理想锻造你的气质，而最美貌的女人也会因为庸俗而令人生厌。通向理想的道路往往不尽如人意，而你亦会为此受尽磨难。

但是，孩子，你尽管争取，理想主义者的结局悲壮而绝不可怜。在那貌似坎坷的人生中，你会结识到许多智者和君子，你会见到许多旁人无法遇到的风景和奇迹。选择平庸虽稳妥，但绝无色彩。不要为蝇头小利放弃自己的理想，不要为某种潮流而放弃自己的信念。物质世界的外表太过复杂，你要懂得如何去拒绝虚荣的诱惑。理想不是实惠的东西，它往往无法带给你尘世的享受。因此你必须习惯无人欣赏你，学会精神享受，学会与他人不同。

其次，孩子，我希望你是个踏实的人。人生太过短促，而虚的东西又太多，你很容易眼花缭乱，最终一事无成。如果你是个美貌的女孩子，年轻的时候会有许多男性宠你，你得到的东西过于容易，这会使你流于浅薄和虚伪；如果你是一个极聪明的男孩，又会以为

自己能够成就许多大事而流于轻佻。记住,每个人的能力有限,我们活在世上能做好一件事足矣。写好一本书,做好一个主妇。不要轻视平凡的人,不要投机取巧,不要攻击自己做不到的事。你长大后会知道,做好一件好事太难,但绝不要放弃。

你要懂得和珍惜感情。不管男人女人,不管墙内墙外,相交一场实在不容易。交友的过程会有误会和摩擦,但你想一想,偌大世界,能有缘结伴而行的又有几人?你要明白朋友终会离去,生活中能有人伴在你身边,听你倾谈,倾谈给你听,你就应该感激。要爱自己和爱他人,要懂自己和懂他人。你的心要如溪水般柔软,你的眼波要像春天一样妩媚。你要会流泪,会孤身一人坐在黑暗中听伤感的音乐。你要懂得欣赏悲剧。悲剧能丰富你的心灵。

希望你不要媚俗。你是个独立的人,无人能抹杀你的独立性,除非你向世俗妥协。要学会欣赏真,要在重重面具下看到真。世上圆滑标准的人很多,但出类拔萃的人极少。而往往出类拔萃又隐藏在卑琐狂浪之下。在形式上,我们无法与既定的世俗争斗,而在内心,我们都是自己的国王。如果你在脸上出现谄媚的笑容,我将会羞愧地掩面而去。世俗许多东西虽耀眼却无价值,不要把自己置于大众的天平上,你会因此无所适从,人云亦云。

具体的做人上,我希望你不要打断别人的谈话,不要娇气十足。你每天至少要拿出两小时来读书,要回信给写信给你的朋友。不要老是想着别人应该为你做些什么,而要想着怎么去帮助他人。

借他人的东西要还,不要随便接受别人的恩惠。要记住,别人的东西,再好也是别人的,自己的东西,再差也是自己的。还有一件事,虽然做起来很难,但相当重要,这就是要有勇气正视自己的缺点。你会一年年地长大,你渐渐会遇到比你强、比你优秀的人,你会发现自己身上有许多你所厌恶的缺点。这会使你沮丧和自卑。但你一定要正视它,不要躲避,要一点一点地加以改正。战胜自己比

三、亲情昼夜无眠

征服他人还要艰巨和有意义。

　　不管世界潮流如何变化，但人的优秀品质却是永恒的：正直、勇敢、独立。我希望你是一个优秀的人。

> 　　母爱是女人心中简单、自然、丰硕、永不衰竭的东西，就像是生命的一大要素。
>
> ——巴尔扎克

> 　　母亲啊！你是荷叶，我是红莲，心中的雨点来了，除了你，谁是我在无遮拦天空下的绿荫？
>
> ——冰　心

趁父母还健在

【海托夫】

我不曾问过自己,我为什么爱戴并继续爱着我的双亲,尽管他们早已与世长辞。但是,我要说,在他们仙逝之后,我反而对他们爱得更深远。这是为什么呢?

首先,直到现在,在我成熟以后,我才真正认识到他们是怎样一些人,他们都为我做了些什么。他们为了我往往不顾自己,甘愿牺牲。

在我父亲卧床不起、病入膏肓时,为了让我去上学,他决定卖掉一块葡萄园和一头公牛——实际上是家里唯一的一头公牛。虽然他本身需要帮助,需要为自己的病痛买些补品,但即使在这种情况下,他仍然没有为自己着想而是为我操心。他用被子蒙住浮肿的双腿,装出一副健康的样子,舍不得花掉用来看病买药的"保命钱",以这种方式缩短了自己所剩无几的寿命。

他为了我卖掉了葡萄园和公牛,我却没有说一声"谢谢"。现在,没有说出口的这声"谢谢"使我越发感到沉重和悲哀,因为我父亲永远也不会听到这句"谢谢"了!

直到中学毕业,我才意识到父亲为我所做的一切,对他充满感激和惋惜之情。因此,我下定决心,只要拿到我挣来的第一笔钱,我就给他买些苹果。因为他需要这样的营养品,而在我家居住的巴尔干山村是买不到苹果的。我今天推到明天,明天推到后天,终于有一个春日,得知了父亲于夜间逝世的噩耗……直到现在,在我父亲逝世二十多年以后,那些未买的苹果依然如鲠在喉。

三、亲情昼夜无眠

我同母亲的关系也是如此。她有幸比我父亲活得长久,活到我"找到差事"、盖了新房的时候,她搬来同我一起住在山林里,后来又住进城里。此时她已年迈,身体瘦小,成天蜷缩在乡下人穿的连衣裙里,手掌上布满了终年劳累结下的厚厚的茧子。她盯着我的眼睛,对我沾满树叶的一身制服流露出不悦的神情,问题出在我很少回家看她。我公务缠身,感觉不到时间的流逝——主要是由于最后一种原因,我未曾同她促膝谈心,让她高兴高兴。我这是因为害羞呢,还是因为难为情?

确确实实,那时的农家生活十分严酷,当父亲的从来不叫母亲的名字,总是直呼"他娘",没有一丝一毫外露的怜悯和温柔!我在这样的环境中长大,学会了隐藏自己的感情。我爱我母亲,敬重她,但是,我没有叫过她一声"亲爱的妈妈"或者"好妈妈"……这些没有叫出口的字眼也如鲠在喉,可我现在已经无人可叫了,我想,我是多么愿意高高兴兴地叫她一声啊,但我的母亲再也听不见了。

正因为如此,我要对所有那些爸爸妈妈都还活着的人们说:趁他们还健在时,去爱他们吧,说出对他们的爱吧!一定!这是因为,明天或许就晚了,到那时,那些没有说出口的感激的话语、爱的话语将如鲠在喉,使你感到沉重和痛苦,无法解脱!

如果你想为父母买些苹果,你就赶快出手。如果你想说声"谢谢",你就马上说出口。因为或许再过一刻,你和你的双亲,将永远失去快乐。

> 世界上的一切光荣和骄傲,都来自母亲。
> ——高尔基

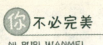

打个电话给家人

【客 人】

那是我进大学后的第一个寒假。那天我乘的 No.134 次列车将于下午 4 时 30 分到达 A 市，再转乘开往我家所在 B 县的班车，估计晚上 7 时之前可以赶回家。临行前，妈在电话里一再叮嘱："路上小心，等你回来吃晚饭。"

车行不久，窗外就开始飘雪，气温也遽然下降。尽管车厢内人很多，我仍然冻得瑟瑟发抖。火车到了 A 市，我下车的时候，地上的积雪即将淹没膝盖，几乎所有开往 B 县的班车都停驶了。万般无奈之中，我拨通了市区理工大学一个同学的电话。几分钟后，同学接走了我。

同学说，给家里打个电话吧！我犹豫了一下，想想电话卡上的钱刚刚打完，附近的电话亭也因天气的缘故早早地关了门，就说："算了，反正明天就回去了。"电话我终是没打。

那天晚上的鹅毛大雪后来变成了暴雪，风也变本加厉，由压抑的呜呜声变成尖锐的呼啸。后来我才知道，那天有一辆开往 B 县的班车因风雪和超载，在距 B 县 20 公里的朝阳桥上撞毁桥栏翻入河里，25 名乘客中 18 名死亡，5 名重伤，2 名失踪，据说他们大都是外地求学归来的学生。消息马上传遍 B 县的角角落落，我父亲当即骑上摩托车开往出事的地点。风狂雪骤，在距离朝阳桥 5 公里的时候，摩托车没油了，父亲推着它顶风冒雪，一步步挪到朝阳桥上。残留在桥栏上的血迹已经凝固，父亲昏倒在冰天雪地里。

父亲断定那凝固的血迹中有我的气息。

三、亲情昼夜无眠

我母亲信佛，那夜母亲燃了12炷香，对着那尊神像跪了整整一夜。姐姐后来说，母亲就是从那夜开始衰老的……

故事讲到这里就没有了，只是希望你不要像我。

还想对你说，父母的牵挂和关爱像看不见的空气，每时每刻跟随着我们成长的脚步。不要跺脚，因为你在不经意间就会踏伤那颗爱着你的心。

冬天来了，天也冷了，打个电话回家，就说一句"爸妈，这里的冬天不冷，我很好"，就足以安慰那双盛满关爱和担忧的眼睛。

打个电话，一个简单的动作，却是我们父母一生等待的内容。

> 孩子和母亲之间溢着深深的、真切的、不尽的爱。这种爱才是孩子和母亲永恒的精神支柱和我们民族生存的真正价值。
>
> ——灏冰

创造九章(节选)

【叶 梦】

一

一个月白风清的夜，我禀告天公地母昭示宇宙万物之后，满怀窃喜的心情接纳了一颗生命的种子。

从这以后，我便换上一副温柔的慈母情怀，全心全意地守望着这一粒生命的胚苞，眼巴巴地望着它从我身体的黑土地上爆出一枚青葱葱的绿芽来。

也许他已经听到了我殷切的呼唤，他终于不失约地悄悄来了。

胎芽初绽的最初几日，我灵敏度极高的身体的网络，已经接收到关于他的种种信号：我感到畏冷，感到饥饿，我疲软无力只想睡觉……整个一个晕乎乎的人儿。

这时候，尽管任何科学的测试手段都无法证实我怀孕，然而我已切切实实感觉到属于我的 baby 已经在生命之宫里稳稳地扎下根来。

转眼到了潮汐复至的日子，果然风平浪静，由月亮执掌的生命之潮已宣告暂时中止。

哇！我设计的生命之大厦已经破土动工了啊！

二

这时候的我已经变成另外一个人，我已跳出红尘之外，任何身外之物皆不能使我动心。我的身体和心灵整个儿地被那个小小的胚胎占据了。

他是那样小，若从 B 超屏幕上看，不过十多厘米大的小肉团，

三、亲情昼夜无眠

然而这一闪一搏的小肉团能量却非等闲。他像一个风神，拼命摇撼着我的整个心灵和肉体，把我百来斤重的躯壳弄得无所适从。

我整个儿地被未来的儿子所劫持。

我只觉晕，像被扔进海底，又像被掷入空中，是晕机晕浪的那种感觉吧，又不全是。我只觉得心灵和肉体全部泡在水里，悬在空中，我已无力驾驶我生命之舟，只能听凭摆布。

无端地，我只觉心虚气短，就像做了贼。每当我心慌意乱的时候，我总是下意识地咽一咽口水，这时候，我会发现我的口腔是麻木的，麻木的口腔兀自生出好多寡淡的口水来，这时我便会格外地想吃紫苏腌过的青梅。

我奇怪我的鼻子变得犹如狗一般灵敏，空气中任何一丝不祥的气味我都能一一分辨出来：宿舍楼道里的油烟气，马路上汽车的废气和灰尘，菜场里沤烂的菜帮子味，鱼摊的腥味和肉担子上猪内脏的怪味，还有梅雨天空气里到处充斥着潮潮的说不清的味道。这个时候，我才感到都市的空气原来是那么复杂和污浊，简直无一处净土。

我口里含着一颗青梅，酸酸的涩涩的但很有滋味。

三

当漂浮和眩晕的初孕感觉消失的时候，我从几个月浑浊的反应堆中爬出来。我的脚切切实实地踩到了温暖而坚实的大地上。我的手真实地扪及了腹部微微凸起的那拳头大的一个实体。这不是一块石头，一个赘物，这是我创造的一个生命。我用我的手长久地贴着腹部，我希望我的手心的磁场和手温传达我最初的母爱。

生命的果子在我的腹中疯长。

我跳出万丈红尘，滤去尘世间一切驳杂的声音，全心地谛听生命生长的声音：随着腹部亦麻亦乍的酥酥的刺痛，我已感觉到腹部的韧带、肌肉、皮肤被慢慢地撑开来，盛满羊水的子宫在吱吱地膨胀着。

一日,我躺在长沙发上看书,"咕咚"一声,腹内便有了圆转滑脱的一转,哇!胎动!这个感觉尽管来得十分遥远,转瞬即逝,但我已真切地感到了我所创造的生命之律动。

从这以后,我在心里开始把腹中的胎儿称作儿子。

四

胎动开始多起来。儿子的拳脚功夫不赖。每当儿子的小拳头及小脚丫在肚皮上凸地滑过时,这时,我连忙叫先生来看。待到先生赶到,专注地注意那凸起之处时,儿子却不乐意了,千呼万唤仍不见动静。可一俟他走,儿子却又欢快地踢蹬起来。

未来的爸爸尽管很沮丧,仍然不厌其烦地在每晚8时开始他的爸爸的胎教:"儿子儿子,爸爸和你说话哩……"

看他平日里粗粗的一个人,今日贴着肚皮说那些碎碎的话,唱那些绵绵的歌时那一脸的慈爱,我总忍不住要笑。

想不到爸爸的胎教果然有效,儿子出生后一旦吵睡,只要听到爸爸低沉浑厚的歌声,便很快安然入睡,这是后话。

我早已准备了很多音乐磁带,精选了一批世界名曲作为胎教音乐。我坐在桌边写的时候,一任口袋里的微型收录机翻过来覆过去地唱,两枚耳塞通过腹肌传达到水漾漾的子宫深处。

这时候,我想起应该给孩子准备衣物了。我打开衣柜,找到厚厚一叠花布。这些布有的已经买来几年或者十几年,当年我买这些布的时候还是一个少女还是一个姑娘家。那时候到外地出差,看到好看的纯棉细绒花布,想想这布给娃娃做衣真是漂亮,于是便怀着不可告人的预谋扯上一段,上海买一段,北京买一段,很多年了,便有了厚厚的一叠。可见我是一个极有心计的女人,可见我想做母亲的念头蓄谋已久。

娃娃衣服简单,自己裁自己缝,很快地一件漂亮的婴儿蝴蝶衣便做好了,我还镶了花边。当我喜滋滋地拿着这蝴蝶衣作自我欣赏

时，一种温柔的母性情怀候地漫出来，淹没了我的灵魂。于是，我得到的快乐远远超过在裁制娃娃衣裳时所得到的那一份。

五

如今，我也是身怀六甲的人，肚子大到已看不见自己的双脚了。

我自成年后，一向生理体温低。夏天，我的手臂总是冰凉的，冬天我一向睡不暖双足。我向来对气温变化很敏感，可自怀孕以来，我却变成了另外一个人，我变成一块热炭，穿很少衣服还出汗。我轻易不感冒，对冷空气不再敏感。也许是怀孕后新陈代谢旺盛起来，我自己感到身体各处积存的可转为热量的物质正源源不断地运向子宫，在轰轰烈烈的创造和代谢之中，我生命的汁液在一点一点地燃烧，这种燃烧是为了新生命的创造。这时我想起外婆说过的："女人一怀崽，便变得很贱。"

我常常和腹中的儿子做游戏。他喜欢在肚子里翻筋斗，常常摸着他的头在我的肋下，忽然一个筋斗便翻到腹底去了。我甚至感觉到他在翻转的时候搅动羊水的声音。我常常用我的手心去轻轻触摸儿子的头。那个感觉就像触摸水中的一个浮球：我轻轻一按便沉下去，松手便浮上来。这时候，我常常感觉自己的身体变成了局部的海，我的可爱的 baby 在我身体之海里酣畅地漫游。他一抬手便有哗哗水声，他一蹬脚便浪花四溅。我身体的海，是儿子生命的最初的温柔之乡。他长大了，还会记得起他在子宫里顽皮的种种把戏吗？

我常常通过我的手跟儿子交流。我手心的磁场穿透我的腹膜子宫壁的羊水层，把我的爱传导给我的儿子，我和我的儿子总在玩着这种永不厌倦的游戏。

六

不祥的预感追随着我。我心里很冷静。面对庞大的肚皮和日益

你不必完美
NI BUBI WANMEI

沉重的躯壳，我把两条性命都交给冥冥中的菩萨，生死有定，一切交她主宰。

一日，镜中发现自己面如满月，手指粗硕，这时我已高度水肿。血压直线上升，妊娠中毒症将危及腹中的儿子。

我望着自己白胖胖的手指和脚丫以及满月一样的脸，对自己的陌生形象十分厌恶。然而，我不在乎自己怎样丑陋，怎样地负重不堪，我时刻惦记着的是胎动，我牵肠挂肚的是腹中儿子的生命信息。要有半日不见胎动，我便会心慌起来。我在数着胎动中让时光一刻一刻地流过去。

我已属高龄初产，临床上叫高危妊娠，意即具有高度危险的妊娠。我被收入医院并重点监护。每日听胎心音两次，吸入氧气并静脉注射葡萄糖，很快水肿血压均得到控制。

为了防止妊娠末期胎儿缺氧，我仍每天去产房吸氧，氧气瓶紧挨产床，两个产床上交替有产妇生小孩。我在这段时间里，有机会目睹一个个婴儿出世。任何层次的女人，一到产床上，无一例外地要剥掉一切娇饰。产床上不容一点点斯文作态和娇嗔羞涩。从看见胎儿头发到胎儿分娩出这段或长或短的时间里，对于每个产妇都是一个至关重要的时刻。仅仅一步之遥，却要耗尽生命的全部力量才得以完成。在助产士的帮助和鼓动下，每当黑头发的胎头徐徐娩出时，"哗"的一声，整个胎儿便以迅雷不及掩耳的速度冲出来。接着便是"哇"的一声带着沉闷的透不过气来的啼哭。血水之中，湿漉漉的小东西手舞足蹈地躺在母亲的双腿之间，亦黑亦灰亦紫的脐带在新生儿腹部跳动几下复归平静。脐带往黑洞般的产道口逶迤而去。这时一切遮蔽覆盖皆被省略。生命之门衔着脐带庄严地洞开着。在这个世界上，几乎人人都是从那个门里走出来的。其中包括正人君子、无耻小人和伟岸丈夫。我从婴儿的红皮肤和湿胎毛读到了新生命的芳香。眼前这一切构成一幅最为丰富生动的图画，这样的画面深深地感动着我。

三、亲情昼夜无眠

对于分娩这一幕,我既跃跃欲试又害怕自己进入角色。我害怕,主要还有一种与生俱来的羞耻心在作祟。我害怕分娩,只想逃避,果然如愿。产前B超诊断,胎儿头围太大,已不适合从产道娩出,需要做剖腹产手术。谢天谢地谢儿子。高兴之余却又有了深深的遗憾,我毕竟体验不到分娩时惊心动魄的那一幕了。

做剖腹产也不容乐观,临产的日子一天天迫近,我愈来愈害怕。我还是害怕手术台。如果可以选择,我情愿时光永远凝固,我情愿驮着大肚子永远地与这个世界僵持下去。

不管我怎样地不情愿,时光一分一秒地过去,眼见瓜熟蒂落的那一天就要来了。

我害怕走入那一扇生死之门。

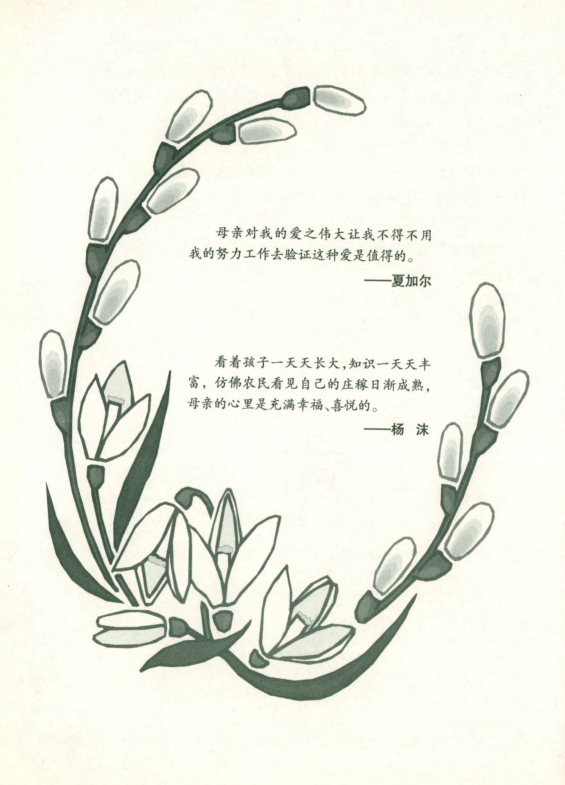

　　母亲对我的爱之伟大让我不得不用我的努力工作去验证这种爱是值得的。

　　　　　　　　　　　——夏加尔

　　看着孩子一天天长大，知识一天天丰富，仿佛农民看见自己的庄稼日渐成熟，母亲的心里是充满幸福、喜悦的。

　　　　　　　　　　　——杨　沫

四、智慧的火花
SI ZHIHUI DE HUOHUA

山苏花 / 仇春霖
树叶的故事 / 叶　儿
流沙岁月 / 他　他
石崮和洼地 / 申均之
小木偶日记和一扇奇怪的门 / 吕丽娜
关于"狐狸和乌鸦案"之争的情况综述 / 殷国安
城里的老鼠和乡下的老鼠 / 张　月
上帝创造母亲时 / 爱玛·本贝克

山苏花

【仇春霖】

当春姑娘第一次降临人间的时候,花娘娘也领着她的孩子——牡丹、荷花、菊花、腊梅和山苏花来到大地上。她嘱咐孩子们要争取在人间开放出最美丽的花朵。于是牡丹、荷花、菊花、腊梅都争先恐后,要力争向人间献出第一枝鲜花。但是山苏花却没有这个决心,她想:"何必抢着第一个开花呢,迟开早开还不是一样开。何况大地上从来就没有开过花,要做一个发明家,我可没有这种兴趣。"

在花姊妹中牡丹是优胜者:她在春光明媚的时节,就向人间献出了一枝枝鲜红的、雪白的、碧绿的鲜艳花朵。山苏花见了惊奇地赞叹道:"啊呀!真了不起,我要是有这样的花该多美呀!……可是春天的光辉已经被牡丹夺去了。我等到夏天再说吧!"

夏季来到了,太阳向大地撒下了万道金光。山苏花不满地说:"哎呀呀,这么厉害的太阳怎么得了!谁要在夏天开花,准得被晒死!"可是荷花这时候却向人间献出了她美丽的蓓蕾。于是山苏花又赞叹地说:"我真傻呀,在夏天开花该多好啊!……唉,迟了,只有等待秋天了!"

金色的秋天到了,云淡风轻,天高气爽,山苏花一味赞赏着秋天的风光,有些陶醉了。她渐渐眯上眼睛,沉睡在金黄色的大自然的怀抱中,直到秋菊缤纷的时候,她才睁开惺忪的眼睛。她又叹息道:"唉!多倒霉,又错过好机会啦!……算了,干脆到冬天再说吧!"

可是在严冬,只有坚强的腊梅冒着凛冽的风雪,给人间送来芳香。山苏花却蜷缩着身躯,埋藏在枯草丛里。

四、智慧的火花

冬去春来,一年又一年地过去了。一直到今天,我们还没有看见过山苏花开花哩。

智慧、勤劳和天才,高于显贵和富有。
——贝多芬

树叶的故事

【叶 儿】

有那么一棵树，它生长了好几千年。

它的躯干满是雨雪击打的印痕，它的枝叶长成了风的形状。它高高挺立在悬崖之端的罅隙里，用深邃的目光俯瞰脚下潮起潮落的大海，用苍老的手臂遥指蓝天，仿佛海的尽头、天的尽头有它永远的期待与梦想。

它从来未能开放过大红大紫的花儿，只有数不清的叶片儿挨挨挤挤缀满它的枝丫。你如果细看那些叶片儿，无不瘦若纤毫，无不轻若鸿毛。它们是凭什么力量得以生存的？终于，人们发现了，每朝每夕，它那巨大的根系边上总是覆盖着许多落叶。这种叶子的含水量较高，并能在短时期内化为腐质，变成大树所需的水分与养料。

一天，有那么一片树叶。它也该落下了，可耳边响起了一个声音："何必呢？落下去就会烂掉，倒不如凭着风的运转到别处安家，长成一棵新的树！"原来，是一沙子儿在说话。

树叶儿听出了沙子别有用心的谎言，心里想：这家伙野心可真不小，想借别人的力量独立生存，还企图拐带上一个小小的我。我知道，我若离开大树这个母体，纵然能长成一株"树"也一定没有生命力！于是，树叶儿拒绝了阴阳怪气的沙子。沙子一怒之下，邀风将小树叶从树梢卷下来，然而，它自己也同时被狂风卷进了让人讨厌的沙尘之中。

树叶儿拼命地挣扎呀，挣扎，风还是将它高高卷起。这时，夹杂在风中的沙子仍不死心，说道："你别傻了！没有谁会帮你。我们

四、智慧的火花

借助风的力量可以飞到远方去，飞进受人保护的无比幸运的珍奇生物博物馆。到那里，你就不用烂掉了，而是成为人人赞叹的树叶标本。""不!"树叶儿厉声拒绝了。它知道大树上的每一片叶子都是有志气的，不论是长在高高的树顶上，还是长在低低的树边上，从上到下，都做好了充分的准备——为大树贡献自己的一切。因为只有这样，大树才能在艰苦的环境中生长，才能让下一代茁壮成长，大树也将更加枝繁叶茂!

树叶儿拼命地挣扎呀，挣扎。终于，它脱离了风的束缚，在空中翻腾着，回旋着，最后拖着伤痕累累的身子向大树脚下飞去，去实现自己的回归梦……

小叶片来到裸露的根系旁，给母亲树根一个轻轻的吻，然后甜甜地睡在了大树身边。

甜睡的树叶儿感到它并没有失去知觉，它变成了树的精灵，它看到了一代又一代的树叶儿次第生长，看到了大树越来越枝繁叶茂，高高托起一片蓝湛湛的天……

树叶儿发出了幸福而又甜蜜的欢笑!

智慧的可靠标志就是能够在平凡中发现奇迹。
——爱默生

流沙岁月

【他 他】

　　一群河蚌在一只老蚌的带领下，在清亮的河水中，欢快地散步。那是一个春日的早晨，暖暖的阳光照在河水中，微风吹拂，河面上仿佛洒下了一层金子。那是一群年轻的河蚌，他们光洁鲜亮，朝气蓬勃，充满了青春的快乐。就好像从前的我们，背着书包，唱着歌谣，欢快地走在上学的路上一样，未来的道路完全被欢快的心情照亮。

　　忽然，在一道河湾里，老蚌停了下来，她回过头语重心长地对小蚌们说："孩子们，你们不能光顾着玩，你们该去捡一粒沙子了。"那副神情很像当年为我们留作业的那位女老师，她的脸上既有希望，也有忧虑。

　　小河蚌们按照老蚌的要求做了，他们纷纷捡了一粒沙子，深埋进身体内，虔诚地等待它发芽、开花、结果。而那时节，老师也正给我们讲课，语文、数学、物理、化学……我们把它们捡起来，存在脑海里，就像河蚌们捡的那粒沙子。

　　可是，有一只贪玩的河蚌，不知道是没有听见，还是没把老河蚌的话当成一回事儿，在大家捡沙子的时候，他没有去捡，却蒙混过关了。就像年少的我们，淘气、逃学、抄别人的作业、篡改通知书上的分数和名次。

　　岁月像那条河的河水，在不知不觉中，悄悄流走了。

　　很长时间过去了，小河蚌们长大了，甚至他们当中年龄稍长的，有的已经像当年那只老蚌的模样了。河蚌们纷纷打开自己的蚌壳，在那些蚌壳之中，竟然藏着一颗颗珍珠。它们发着亮、放着光，把

四、智慧的火花

满河的水照得通明光亮。那粒小小的沙子，经过时光的洗涤，岁月的磨砺，长年累月的心血和汗水的浇灌，竟然变成了美丽晶莹的珍珠！河蚌们互相拥抱着、欢笑着，一边流着眼泪，一边庆贺自己的成果。是啊，当我们一生的酝酿，终于变成醇厚香美的美酒时，我们又何尝不是如此呢？

然而，就在大家欢呼雀跃之际，那只曾因为贪玩而未去捡沙子的河蚌，悄悄地溜走了。没有沙子，他的壳中便没有那粒珍珠，他用什么去庆贺呢？他流泪了，很后悔，可此时衰老已爬上了他的额头，想要回头重新捡起那一份逝去的时光，为时已晚。

当岁月的沙子，同样从我们的指缝间流过时，别人都淘出了金子，我们又怎能不痛哭？

人类的智慧就是快乐的源泉。
——薄伽丘

石峃和洼地

【申均之】

一座峥嵘的石峃，和一片低下的洼地做了邻居。

石峃居高临下，见多识广，摆着大架子，自以为很了不起，可是谁都不愿和它接近，它感到有点寂寞。

石峃的一左一右，有两条小河，它们一面打着旋儿走着，一面轻歌曼舞，是两条又年轻又活泼的小河。石峃看了，就想：它们要能停在我的脚下和我做伴，那就好了。于是它对左边的小河说：

"小河呀，停下来！我很寂寞，你来和我做朋友吧！"

"不，"左边的小河打一个转，扬起一朵小浪花说，"我高攀不上，我不愿和你做朋友！"

石峃又转过脸来和右边的小河说：

"小河呀，停下来！我很寂寞，你来和我做朋友吧！"

"不，"右边的小河也打了一个转，调皮地说，"你多么伟大呀，我怎么高攀得上！"

左右两条小河急急忙忙地离开了石峃，却往洼地里奔走。

洼地不是用话来表示欢迎，而是用整个的胸怀包容它，两条小河都停留下来，和洼地做了亲密无间的好朋友。不久洼地变成了一个湖，鱼虾到这里来安居游泳，青蛙到这里来唱歌跳舞，连天上的白云，也经常飞到这里来照照自己美丽的影子，恋着湖水不愿意离去。这里是多么富饶而又美丽呀！

石峃看了，既不理解，也很生气："难道我不好吗？为什么它们成群结队地离开我，去和洼地亲热呢？"……可是，事实就是这样：洼地一天一天地富饶起来，石峃却永远是那样又骄傲又孤单的老样子。

四、智慧的火花

小木偶日记和一扇奇怪的门

【吕丽娜】

小木偶呆呆地坐在他的木头小房子里。他已经坐了整整一百年。说不定，他还要再坐一百年。

小木偶的日记就摆在绿色的窗台上，风孩子好奇地探进半个脑袋，哗啦哗啦地翻着。现在让我们和风孩子一起，看看在这一百年中都发生过一些什么。

一九〇〇年六月一日　天气晴

我一定是全世界最不走运的小木偶了。我只不过用小刀在大树上刻了个鬼脸，我知道好多小男孩都是这么干的。偏偏这棵大树里住着一个脾气很坏的树精，他把我关进了这座木头小房子里。他恶狠狠地告诉我，谁也救不了我，因为谁也不能从外面把木房子的门推开。

树精们从来都是说到做到的。可怜的小木偶再也不能在草地上翻跟头，再也不能爬到大树上唱歌了。救救我吧！

一九五〇年六月一日　天气晴　风力一二级

今天，一只雪白的小山羊来对我说，他要帮助我。我虽然是个伤心的小木偶，可我还是忍不住笑了。我告诉这只可爱的小山羊，在这么多年中有许多大力士来过这里，他们中有的人能把大树连根拔起，有的能把大山搬来搬去，可谁也推不开这扇被施了魔法的门。

小山羊对我说，你懂得人多力量大的道理吗？他吹了一声口哨，一下子就跑来了那么多只小山羊，我想肯定有一万只。第一只小羊用脑袋顶住那扇门，第二只小羊用脑袋顶住第一只小羊的屁股，就这样一只接一只接成了一道白色的长城。然后第一只小羊喊："一、二、三、顶！"

我感觉房子动了起来,好像穿上了滑冰鞋,一下子滑出去很远。看来,一万只小山羊的力气真是够大的。但是,那扇门还是关得紧紧的。

二〇〇〇年六月一日　天气阴转多云　风力二三级

今天来了个爱吃木头的怪物。他的牙齿像钻石一样硬。他说他只要五分钟就可以把我的木门吃光。我以为他在吹牛,可是他真的很快在门上咬出了一个大洞。我的木头心都快蹦出来了。

没想到一转眼工夫那个大洞又自动补好了,无论怪物吃得多快都没用。最后,怪物实在撑得难受,只好走了。

世界上的那么多的好心人,可是谁也救不了我。小木偶将永远永远待在这里了!

读了小木偶日记,你一定也为小木偶感到难过。可怜的小木偶,他已经在房子里坐了整整一百年。难道真的没有一个人能救他吗?

不是的,有一个人能。

这一天,小木偶像往常一样,坐在那儿发呆。忽然,他听到远远的有一个声音在说:"小木偶,你应该自己救自己!"

这声音越来越近,越来越响,小木偶一下子跳了起来!

是啊小木偶,这一百年来你一直等着别人来救你,为什么不试一试自己救自己?树精的魔法是让门从外面推不开,那你为什么不想办法从里面把门打开呢?

这真是个伟大的想法。这个想法让小木偶的木头心扑扑地跳起来。他开始用尽全身的力气去推那扇木头的门。

加油,小木偶!你会成功的!

看啊,门开了一丝小小的缝!小木偶可以救自己,他能做到!

伟大的想法终于带来了伟大的时刻,那扇紧紧关了百年的门一点一点地打开了。

快乐的小木偶从门里跑出来,在草地上翻了一百个跟头,又爬到大树上,唱了一百首歌。

四、智慧的火花

关于"狐狸和乌鸦案"之争的情况综述

【殷国安】

打响这场论战的是乌鸦的孙子乌小鸦。它发表在《大山深处》周刊的题为"不许诬蔑我的爷爷乌鸦"的文章认为，50年前发表的《狐狸和乌鸦》，把它的爷爷乌鸦说成是一个爱听奉承话、容易受骗上当的笨蛋，这完全是对老乌鸦的诬蔑。乌小鸦的文章从三点进行反驳：第一，乌鸦一直是实事求是、敢讲真话的典范。老百姓所谓乌鸦的叫声不吉利，只是因为乌鸦把即将发生的坏事报告给人们，而绝不是因为乌鸦的叫声带来了坏事。而50年前的文章把具有求实精神的乌鸦说成愚蠢，颠倒了是非，令人愤慨。第二，乌鸦也是最聪明的，它绝不会愚蠢到喜欢听奉承话而上狐狸的当。同是当时的小学生课本，就有一篇赞扬乌鸦聪明的文章，说乌鸦喝不着瓶子里的水，就从远处衔来小石子，放到瓶子里，使水位上升，从而喝到了水。第三，据乌小鸦回忆，当年它的奶奶曾经讲过，爷爷是主动把肉扔掉的，不是开口唱歌掉下去的。因为它闻到那肉有一股味道，觉得不新鲜，怕带回家给奶奶吃了会闹病。所以，根本不存在被狐狸骗的情况。由于以上原因，乌小鸦要求为其爷爷恢复名誉，并索要精神损害费100万"林元"。

接着，《森林日报》发表特约评论员金丝猴的文章，认为后人为自己的先辈翻案的事现在已不新奇，应听取各方面的意见，才能兼听则明。

作为老狐狸的后人，狐小狸也在《山谷晨报》发表文章说，乌

鸦确系歌手,狐狸并未拍马。认为乌鸦不会唱歌,这只是有些人的习惯思维。事实上,乌鸦后来当上了森林中"小飞禽管理局"局长,经常在大吃大喝之后,唱卡拉OK,最拿手的是和黄莺小姐一起唱《夫妻双双把家还》,往往赢来阵阵掌声。由此在森林开创了"哇哇派",和百灵鸟的"银铃派"各领风骚,平分秋色。此派流韵至今,一些歌手说话前后总要"哇哇"直叫,就是当年乌鸦派的传人。所以,狐狸赞扬乌鸦的歌唱得好,原来不是奉承,而是实事求是。

次日,《飞禽之声》发表了署名为黄小鹂的读者来信。黄小鹂说当年其祖母黄鹂说,在乌鸦的"哇哇派"盛行之时,它也想改行去演电视剧或者去当主持人。但只过了5年,乌鸦的局长不当之后,"哇哇派"就慢慢销声匿迹了。黄鹂再度出山,获得第一届森林专业歌手大赛第一名。

此外,《兽王月刊》、《流水晚报》、《珍珠泉娱乐周刊》也登了相关消息。各报都称将继续关注这个历史案件的争鸣。

> 智慧生出三种果实:善于思想,善于说话,善于行动。
> ——德谟克利特

四、智慧的火花

城里的老鼠和乡下的老鼠

【张 月】

一只城里的老鼠来到了乡下，它有油光光的毛和胖乎乎的身子，走起路一扭一扭的，神气极了。但乡下的路真是太难走了，到处都有小石子和土块，哎呀呀，还没神气两分钟，城里的老鼠摔了一跤。一只乡下的老鼠跑了过来，它瘦瘦的，小小的，想扶起城里的老鼠。

"请您不要碰我，"城里的老鼠很有礼貌地说，"您的爪子会弄脏我高贵的皮毛。"

"天哪，"乡下的老鼠惊奇地叫起来，"您一定是从好远的地方来的吧，您说话和我们这儿的其他老鼠是多么不同啊。"

"的确如此，"城里的老鼠艰难地爬起来说，"我来自城里，离这儿非常遥远，就因为我不小心在一个皮箱里打了个盹儿，结果就到了这里。"

"呀，您是从城里来的！"乡下的老鼠崇敬地说，"那您真是尊贵的客人，要知道，我爷爷的爷爷的爷爷都没进过城。"

"什么？你们一直都住在这儿，和地里这些烂烘烘的白菜，还有空气中臭烘烘的气味做伴儿？"城里的老鼠用前爪在鼻子前扇动了两下。

"我是在乡下长大的，您要是愿意，就请到我家去做客吧，总会有一些吃的。冬天快到了，每家老鼠都会有储备，花生啦，稻米啦什么的。"乡下的老鼠热情地说。

"我是不爱吃这些土产的，在城里，我只吃包装精美的奶油花生和宴会后剩下的美味饭菜。"城里的老鼠惬意地眯起了眼睛。

"可对于我，"乡下的老鼠羡慕地说，"一块红薯就已经很满足

你不必完美
NI BUBI WANMEI

了。"

"乡下永远比不上城里。"城里的老鼠用小爪子拍了拍身上的灰,"但有教养的老鼠从来不会拒绝别人的盛情,我不介意去你家里转一转。"

"太欢迎了。"乡下的老鼠快乐地甩着尾巴跳起来,高高兴兴地跑在前面,而城里的老鼠呢,只好一摇一摆地跟在后面。

真的已经很冷了,土地冻得硬邦邦的,城里的老鼠皱着眉头在地上慢慢挪动。

"您一定渴了吧,"乡下的老鼠朝四周瞄了瞄,很快蹿到了一块萝卜地里,用两只前爪飞快地挖着土,不一会儿,就刨出了一个小萝卜。

"请您吃一口吧。"乡下的老鼠把萝卜拖到城里的老鼠面前,"水分可足呢。"

"那么就谢谢了。"城里的老鼠用一片菜叶擦了擦萝卜上的泥,慢条斯理地啃了一口。

"它是多么有教养啊。"乡下的老鼠想,"和我们这儿的老鼠是那么不同,这里最有身份的老鼠也比不上它。"

"天!"城里的老鼠发出了一声尖叫,"真是难以下咽,你,你这只乡下的老鼠。"它怒气冲冲地嚷起来,"怎么能给我吃这样低级的食物!"

"啊,真是对不起。"乡下的老鼠惶恐地道歉,"我不知道它不合您的口味。"

"乡下的东西永远比不得城里。"城里的老鼠向地下狠狠地吐了两口唾沫,"空气啦,路啦,无论什么,包括老鼠都比不上城里的,我怎么会来到这样一个鬼地方!"

它们又继续往前走,看见一只横在地上的老鼠夹子。

"这叫老鼠夹子,是专门用来对付我们老鼠的,您看,只要动了上面那块肉,我们就会被夹死。"乡下的老鼠边说边向老鼠夹子扔了一块石头,只听见"啪"的一声,夹子合上了,"人就是这样对付我们老鼠的。"

四、智慧的火花

"这早算不上什么了。"城里的老鼠得意地昂着头,"在城里,人们会用更高明的办法来对付我们,非常非常高级的捕鼠仪器,乡下永远比不上城里。"

"太可怕了。"乡下的老鼠说,"光是老鼠夹子就已经害死了我许多兄弟。"

"哼!"城里的老鼠鼻孔里出了一口气。

"我的家人一定很高兴见到您,您会带来许多奇闻趣事,您的生活一定很……"乡下的老鼠猛然立起身体,支着后腿,紧张地抽动着鼻子,不住地嗅着空气,"糟了,我闻见猫的味道,我们得快跑,猫要来了。"

"很难想象一只乡下的猫会抓住我。"城里的老鼠满不在乎地挺了挺,"就连城里打着蝴蝶结的各种猫见我也要绕着走呢。"

"但愿如此,我可是要和您说再见了。"乡下的老鼠一转身飞快地溜掉了。

"乡下的……"城里的老鼠很想轻蔑地再哼一声,但眼前一黑,一只猫纵身跃到它的面前,用爪子按住它,把鼻子凑到它脸上嗅了嗅。

"我还不是很饿,我们可以先做个游戏,你跑,我追。"猫说。

"我是有身份的老鼠。"城里的老鼠说。

"咦,我第一次听见一只老鼠说这样的话,"猫瞪圆了眼睛,"太奇怪了。"

"我是从城里来的。"

"城里?"

"是的,那里的猫装扮得气派非凡,喝牛奶吃蛋糕,从不……"城里的老鼠突然住了口,它看见了猫嘴里流出的口水和闪闪发亮的牙齿。

"怪不得这么肥呢,城里的,一定好吃。"猫露出狰狞的笑脸。

"你怎么能……"可怜的城里老鼠又没能把话说完。

在猫把城里的老鼠吞下去之前,刚好听见它在嘴里长长地哀鸣了一声。

"天,那么臭的嘴,乡下的猫也永远不如……"

上帝创造母亲时

【爱玛·本贝克】

仁慈的上帝一直在为创造母亲而加班工作着。在进入第6天时,天使来到主面前,提醒他说:"您在这上面已经花费了许多不必要的时间啦。"

主对天使说:"你看过有关这份订货的技术要求吗?她必须能够经受任何荡涤,但不是塑料制品;有180个活动零件,可以任意更换;靠不加奶和糖的浓咖啡及残羹剩饭运行;具有站立起来就不会弯曲的膝部关节;拥有一种能够迅速医治创伤和疾病的亲吻,从骨折到失恋都能治愈;此外,她必须有6双手……"天使缓缓地摇了摇头说:"6双手……这怎么可能?""令我感到困难的却不是这些手,"上帝回答说,"而是她所必须具有的那3双眼睛。"

"可是,"天使说,"订货单上没提出这个标准……""是的,可她需要。"主点了点头说,"她需要一双能透过紧闭的房门洞察一切的眼睛,然后她才可以胸有成竹地问:'孩子们,你们在里面干什么?'另一双眼睛将长在她的后脑勺上,用来专门看她不该看到而又必须了解的事情。当然,在前额下面她也有一双眼睛,当孩子们有了过失或麻烦时,这双眼睛能够看着他们,而不必开口,就能够明确地表达出'我理解你并且爱你'的意思。"

"这太难了,"天使劝道,"主啊,您该歇歇了,明天……""不行!"主打断了天使的话,"我感到我正在创造一件十分接近我自己的造物。你看,眼前的这件母亲模型,已经能够在患病时自我痊愈……能够用一磅汉堡包满足一家6口人的胃口……能把一个9

四、智慧的火花

岁的男孩弄到莲蓬头下淋浴……"天使绕着母亲模型细细地看了一遍，不由得赞叹道："她太柔和了！""但很坚强！"上帝激动地说，"你根本想象不出她有多么能干，也根本想象不出她有多大的忍耐力！""她会思考吗？""当然！"主说，"她还会说理，商量，妥协……"这时，天使用手摸了摸母亲模型的脸颊，忽然说道："这里有一个地方渗漏了。我早就说过，您赋予她的东西太多了，您不能忽略她的承受力嘛！"主上前去仔细看了看，然后用手指轻轻地蘸起了那滴闪闪发光的水珠。"这不是渗漏，"主说，"这是一滴眼泪。"

"眼泪？"天使问，"那有什么用？""它能表示欢乐、悲哀、失望、怜爱、痛苦、孤独、自豪……"主说。

"您真行！"天使赞道。

主的脸上露出了忧郁。"不，"他说，"我并没有赋予她这么多功能。"

> 智慧充斥着海洋和大地的纵深处，使我们的思维直冲云霄，穿过茫茫宇宙给我们指明道路。
>
> ——洛 克

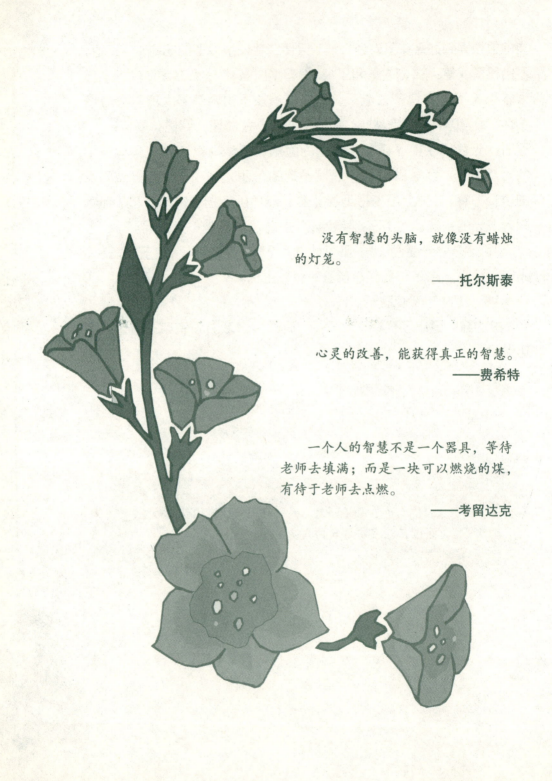

没有智慧的头脑,就像没有蜡烛的灯笼。

——托尔斯泰

心灵的改善,能获得真正的智慧。

——费希特

一个人的智慧不是一个器具,等待老师去填满;而是一块可以燃烧的煤,有待于老师去点燃。

——考留达克

五、人的高贵在灵魂

WU REN DE GAOGUI ZAI LINGHUN

人的高贵在灵魂 / 周国平

魔毯 / 帕特里莎·拉伊森

用文学经典滋养年轻一代 / 钱理群

我的精神家园 / 王小波

读书苦乐 / 杨　绛

做个快乐读书人 / 刘　墉

读书要有缘分 / 二月河

人的高贵在灵魂

【周国平】

　　法国思想家帕斯卡尔有一句名言："人是一支有思想的芦苇。"他的意思是说，人的生命像芦苇一样脆弱，宇宙间任何东西都能置人于死地，可是，即使如此，人依然比宇宙间任何东西高贵得多，因为人有一颗能思想的灵魂。我们当然不能否认肉身生活的必要，但是，人的高贵却在于他有灵魂生活。作为肉身的人，人并无高低贵贱之分。唯有作为灵魂的人，由于内心世界的巨大差异，人才分出了高贵和平庸，乃至高贵和卑鄙。两千多年前，罗马军队攻进了希腊的一座城市，他们发现一个老人正蹲在沙地上专心研究一个图形。他就是古代最著名的物理学家阿基米得。他很快便死在了军队的剑下，当剑朝他劈来时，他只说了一句话："不要踩坏我的圆！"在他看来，他画在地上的那个图形是比他的生命更加宝贵的。更早的时候，征服了欧亚大陆的亚历山大大帝视察希腊的另一座城市，遇到正躺在地上晒太阳的哲学家第欧根尼，便问他："我能替你做些什么？"得到的回答是："不要挡住我的阳光！"在他看来，面对他在阳光下的沉思，亚历山大大帝的赫赫战功显得无足轻重，这两则传为千古美谈的小故事表明了古希腊优秀人物对于灵魂生活的珍爱，他们爱思想胜于爱一切包括自己的生命，把灵魂生活看得比任何外在的事物包括显赫的权势更加高贵。

　　珍惜内在的精神财富甚于外在的物质财富，这是古往今来一切贤哲的共同特点。英国作家王尔德到美国旅行，入境时，海关官员问他有什么东西要报关，他回答："除了我的才华，什么也没有。"使

五、人的高贵在灵魂

他引以为豪的是,他没有什么值钱的东西,但他拥有不能用钱来估量的艺术才华。正是这位骄傲的作家在他的一部作品中告诉我们:"世间再没有比人的灵魂更宝贵的东西,任何东西都不能跟它相比。"

其实,无需举这些名人的事例,我们不妨稍微留心观察周围的现象。我常常发现,在平庸的背景下,哪怕是一点不起眼的灵魂生活的迹象,也会闪放出一种很动人的光彩。

有一回,我乘车旅行。列车飞驰,车厢里闹哄哄的,旅客们在聊天、打牌、吃零食。一个少女躲在车厢的一角,全神贯注地读着一本书。她读得那么专心,还不时地往随身携带的一个小本子上记些什么,好像完全没有听见周围嘈杂的人声。望着她仿佛沐浴在一片光辉中的安静的侧影,我心中充满感动,想起了自己的少年时代,那时候我也和她一样,不管置身于多么混乱的环境,只要拿起一本好书,就会忘记一切。如今我自己已经是一个作家,出过好几本书了,可是我却羡慕这个埋头读书的少女,无限缅怀已经远逝的有着同样纯正追求的我的青春岁月。

每当北京举办世界名画展览时,便有许多默默无闻的青年画家节衣缩食,自筹旅费,从全国各地风尘仆仆来到首都,在名画前流连忘返。我站在展厅里,望着这一张张热忱仰望的年轻的面孔,心中也会充满感动。我对自己说:有着纯正追求的青春岁月的确是人生最美好的岁月。

若干年过去了,我还会常常不由自主地想起列车上那个少女和展厅里的那些青年,揣摩他们现在不知怎样了。据我观察,人在年轻时多半是富于理想的,随着年龄增长就容易变得越来越实际。由于生存斗争的压力和物质利益的诱惑,大家都把眼光和精力投向外部世界,不再关注自己的内心世界。其结果是灵魂日益萎缩和空虚,只剩下了一个世界上忙碌不止的躯体。对于一个人来说,没有比这更可悲的事情了。我暗暗祝愿他们仍然保持着纯正的追求,没有走上这条可悲的路。

魔 毯

【帕特里莎·拉伊森】

很久以前，人们一生只在一个地方生活。偶尔出一次门，也不过是徒步或坐马车到邻近的镇子上去一趟。路远，怪累人的，因此，他们很少出去。

偶尔会有一位旅行家踏着泥泞的路跋涉而来，或是一位卖针头线脑、发带和珠子的小贩，或是去征战的士兵，或是一位从海上归来的水手。这些过客会把他们所见所闻的稀奇古怪的事讲给人们听，人们听得可认真了。人们渴望了解世界。

对那些一生足不出户的人来说，别的地方都是新奇的。他们听说过白鲸和美人鱼、红色或蓝色的人、塞满珠宝的山洞和巨鸟。这些故事千篇一律，但个个儿都是那么奇妙，听来那么传神。他们不知道世上别人都怎么生活，不知道白鲸何以像美人鱼一样歌唱，也弄不清钟乳石与宝石及大鹏和鸵鸟之间的区别。

他们听说有一位了不起的旅行家拥有一块魔毯，他往魔毯上一坐，这毯子就会顺着他的意志在天上飞来飞去，想去哪儿就去哪儿。这故事可太迷人了。足不出户的人相信这是真的。

时光飞逝，地球围着太阳绕了一遭又一遭，终于来了一些发明家。"没有的事儿，"发明家们说，"压根儿就没有什么魔毯。"接着他们造汽船、汽车和飞机，有了这些东西，人们就能轻而易举地周游世界了。他们还造出照相机来拍照给别人看。

这场变化可真了不起。现在人们知道与他们同居一球的其他人了，知道围着太阳转的地球是什么样的了。这真像是同所有人都成了邻

五、人的高贵在灵魂

居——几乎是,并不完全是。

"照片是平面图,"人们说,"你看不见接下来发生的事儿。我们不能整天满世界转,我们得工作,得照看孩子呀。再说,成天旅游太费钱了。有的人根本就无法旅游。我们需要坐在家里看世界。"

"那好。"发明家们说。于是他们又发明了会动的图片,还配上正确的色彩和真实的声音。"把这台小机器放在你屋里,"他们说,"你就能看世界,听世界上的声音,看接下来都发生什么事儿。"

人们为这新机器高兴。每天晚上下班后他们就从机器中看世界上发生的事儿。可不久,又有人不满足了。"这些画面还是不生动,"他们窃窃私语道,"你无法感受,你看不见它后头有什么。"

发明家听到这话生气了,因为他们干得很苦还遭人非议。就在这时,一位哲人路过这里。他停下来听到了人们的悄悄话。

"抱怨可是不够礼貌啊,"他说,"发明家们够不容易的了。为什么你们不使用自己的魔毯呢?"

"魔毯!"人们嘲弄地叫道,"那是老皇历了!发明家说世上压根儿没那物件儿,他们什么都知道。"

"没有万事通的人,"哲人说,"每人都有一块魔毯,只不过它藏在你们的头脑中。发明家也不知道这一点。这魔毯可以带着你们满世界飞,你坐在家中的椅子上就能知道好多激动人心的事儿。你可以感受一切,可以看到每件事物的背后,会知道下一步将发生什么。你足不出户就可以访遍所有国家的人。"

"那……"人们抱怨说,"我们无法让这魔毯从头脑中飞出来,怎么办呢?"

"你们需要一把钥匙,"哲人说,"什么钥匙开什么锁。我这儿就有一把,拿去试试看。"说着他送给人们一本书。

用文学经典滋养年轻一代

【钱理群】

"文学"的核心,文学创作与文学阅读的出发点与归宿,都是"人",是人的心灵,人的感情,人的精神,而不是其他。

其实"教育"、"出版"的核心、出发点、归宿,也是"人";正是"立人",把文学、艺术、教育、出版等,都统一起来了——这几乎是常识,却是人们最容易忽略、忘却的。

读文学作品唯一的目的(如果有目的的话),是陶冶我们的性情,开拓我们的精神空间——你坐在小屋里,打开书,就可以突破时、空的限制,与千年之远、万里之外的人与生物,宇宙的一切生命进行朋友般的对话,你将出入于"(他)人"、"我"之间,"物"、"我"之间,达到心灵的冥合,获得精神的真正自由。坚持读下去,日积月累的潜移默化,你会发现,你变了,像巴金老人说的那样,"变得更好"了。

要读名著,就是因为每一个民族、每一个时代的精神的精华都凝聚于其中,人类最美好的创造都汇集于其中,人类精神文明的成果,就是通过各类学科(不只是文学,还有其他人文科学、社会科学、自然科学)的"名著(经典)"的阅读,而代代相传的。——在这个意义上,受教育(这里讲的是识字教育以上的中、高等教育)的基本途径就是"读名著(经典)"。

人在受教育时期,例如中学时期,读什么书,不是小问题。像鲁迅所说,胡乱追逐时髦,"随手拈来,大口吞下"的阅读——这颇有些类似今天的"快餐式阅读",吃下的"不是滋养品,是新袋

五、人的高贵在灵魂

子里的酸酒,红纸包里的烂肉",其结果不只是倒胃口而已:吃"烂肉"、喝"酸酒"长大,是可能成为畸人的。鲁迅因此大声呼吁:"我们要批评家",给青年的阅读以正确的指引。关心中学生的课外阅读,提倡"读名著,读经典"即是一种导向:唯有用前辈人所创造的最美好的精神食品来滋养下一代,才能保证他们成为巴老所期待的"更纯洁,更善良"的具有美好的心灵的健全的"人"。我们抓教育固然要关心改善教学物质条件,但如果忽略了最终目的是提高教育对象的精神素质,使他们真正成"人",那我们就会犯下历史性的错误,而贻害子孙万代。

读文学作品,特别是读名著,还要有正确的方法;那种"一主题二分段三写作特点"式的机械、冷漠的传统阅读方法,是永远也进入不了文学世界的。要用"心"去读,即主体投入地感性地阅读:以你之心与作者之心、作品人物之心相会、交流、撞击,设身处地地去感受、体验他们的境遇,真实的欢乐与痛苦,用自己的想象去补充、发展作品提供的艺术空间,品味作品的意境,思考作品的意义。——也许你读完作品,只有一些朦胧的感觉,若隐若现的人物身影,只有说不清、道不明的情感的涌动,思绪的感悟,或者某种想象、创造的冲动,尽管你不能(其实也不必要)作出作品主题呀、结构呀、写作技巧呀……的明确分析,其实你已经"进入"了文学的世界,这样的"第一(原初)感觉、感悟、涌动、冲动"是最可贵与最重要的,它是文学阅读(欣赏)的最基本的要求,也是以后的文学分析的基础。

文学作品,从根本上说,是一种语言的艺术。因此,文学阅读的另一个重点,应是对作品语言的感悟。真正的文学大师笔下的语言,是具有生命的灵性的,它有声、有色、有味、有情感,有厚度、力度与质感,是应该细心地去体味、沉吟、把玩,并从中感受到一种语言的趣味的。"语言(说与写)"是人的基本存在方式,言说的背

后是人的心灵世界。因此，对语言的敏感和对语言的驾驭能力，也应是衡量人的精神素质的重要标尺，是提高人的精神境界，使人变得更美好的不可或缺的方面。

书籍是造就灵魂的工具。

——雨果

喜欢读书，就等于把生活中寂寞的辰光换成巨大的享受时刻。

——孟德斯鸠

五、人的高贵在灵魂

我的精神家园

【王小波】

我13岁时，常到我爸爸的书柜里偷书看。那时候政治气氛紧张，他把所有不宜摆在外面的书都锁了起来，在那个柜子里，有奥维德的《变形记》，朱生豪译的莎翁戏剧，甚至还有《十日谈》。柜子是锁着的，但我哥哥有捅开它的方法。他还有说服我去火中取栗的办法：你小，身体也单薄，我看爸爸不好意思揍你。但实际上，在揍我这个问题上，我爸爸显得不够绅士派，我的手脚也不太灵活，总给他这种机会。总而言之，偷出书来两人看，挨揍则是我一人挨，就这样看了一些书。虽然很吃亏，但我也不后悔。

看过了《变形记》，我对古希腊着了迷。我哥哥还告诉我说：古希腊有一种哲人，穿着宽松的袍子走来走去。有一天，这一位哲人去看朋友，见他不在，就要过一块涂蜡的木板，在上面随意挥洒，画了一条曲线，交给朋友的家人，自己回家去了。那位朋友回家，看到那块木板，为曲线的优美所折服；连忙埋伏在哲人家左近，待他出门时闯进去，要过一块木板，精心画上一条曲线……当然，这故事下余的部分就很容易猜了：哲人回了家，看到朋友留下的木板，又取一块蜡板，把自己的全部心胸画在一条曲线里，送给朋友去看，使他真正折服。现在我想，这个故事是我哥哥编的。但当时我还认真地想了一阵，终于傻呵呵地说道：这多好啊。时隔30年回想起来，我并不羞愧。井底之蛙也拥有一片天空，13岁的孩子也可以有一片精神家园。此外，人有兄长是好的。虽然我对国家的计划生育政策也无异议。

长大以后,我才知道科学和艺术是怎样的事业。我哥哥后来是已故逻辑大师沈有鼎先生的弟子,我则学了理科;还在一起讲过真伪之分的心得、对热力学的体会;但这已是我二十多岁时的事。再大一些,我到国外去旅行,在剑桥看到过使牛顿体会到万有引力的苹果树,拜伦拐着腿跳下去游水的"拜伦塘",但我总在回想幼时遥望人类智慧星空时的情景。千万丈的大厦总要有片奠基石,最初的爱好无可替代。所有的智者、诗人,也许都体验过儿童对着星光感悟的一瞬。我总觉得,这种爱好对一个人来说,是不可少的。

我时常回到童年,用一片童心来思考问题,很多繁难的问题就变得易解。人活着当然要做一番事业,而且是人文的事业;就如有一条路要走。假如是有位老学究式的人物,手执教鞭戒尺打着你走,那就不是走一条路,而是背一本宗谱。我听说苏联就是这么教小孩子的:要背全本的普希金、半本莱蒙托夫,还要记住俄罗斯是大象的故乡(肖斯塔科维奇在回忆录里说了很多)。我们这里是怎样教孩子的,我就不说了,以免得罪师长。我很怀疑会背宗谱就算有了精神家园,但我也不想说服谁。安徒生写过《光荣的荆棘路》,他说人文的事业就是一片着火的荆棘,智者仁人就在火里走着。当然,他是把尘世的喧嚣都考虑在内了,我觉得用不着想那么多。用宁静的童心来看,这条路是这样的:它在两条竹篱笆之中。篱笆上开满了紫色的牵牛花,在每个花蕊上,都落了一只蓝蜻蜓。这样说固然有煽情之嫌,但想要说服安徒生,就要用这样的语言。维特根斯坦临终时说:告诉他们,我度过了美好的一生。这句话给人的感觉就是:他从牵牛花丛中走过来了。虽然我对他的事业一窍不通,但我觉得他和我是一头儿的。

五、人的高贵在灵魂

读书苦乐

【杨 绛】

读书钻研学问，当然得下苦功夫。为应考试、为写论文、为求学位，大概都得苦读。陶渊明好读，如果他生于当今之世，要去考大学，或考研究院，或考什么"托福"，难免会有些困难吧？我只愁他政治经济学不能及格呢，这还不是因为他"不求甚解"。

我曾挨过几下"棍子"，说我读书"追求精神享受"。我当时只好低头认罪。我也承认自己确实不是苦读。不过，"乐在其中"并不等于追求享受。这话可为知音言，不足为外人道也。

我觉得读书好比串门儿——"隐身"的串门儿。要参见钦佩的老师或拜谒有名的学者，不必事前打招呼求见，也不怕搅扰主人，翻开书就闯进大门，翻过几页就登堂入室。而且可以经常去，时刻去，如果不得要领，还可以不辞而别，或者另找高明，和他对质。不问我们要拜见的主人住在国内国外，不问他属于现代古代，不问他什么专业，不问他讲正经大道理或聊天说笑，都可以挨近前去听个足够。我们可以恭恭敬敬旁听孔门弟子追述夫子遗言，也不妨淘气地笑问"言必称'亦曰仁义而已矣'的孟夫子"，他如果生在我们同一个时代，会不会是一位马列主义老先生呀？我们可以在苏格拉底临刑前守在他身边，听他和一位朋友谈话，也可以对斯多噶派伊匹克悌芯斯（Eepictut）的《金玉良言》思考怀疑。我们可以倾听前朝列代的遗闻逸事，也可以领教当代最奥妙的创新理论或有意惊人的故作高论。反正话不投机或言不入耳，不妨抽身退场，甚至砰一下推上大门——就是说，啪地合上书面——谁也不会嗔怪。这是书以外世

界里难得的自由!

壶公悬挂的一把壶里,别有天地日月。每一本书——不论小说、戏剧、传记、日记,以至散文诗词,都别有天地,别有日月星辰,而且还有生存其间的人物。我们很不必巴巴地赶赴某地,花钱买门票去看些仿造赝品或"栩栩如生"的替身,只要翻开一页书,走入真境,遇见真人,就可以亲亲切切地欣赏一番。

说什么"欲穷千里目,更上一层楼"!我们连脚底下地球的那一面都看得见,而且顷刻可到。尽管古人把书说成"浩如烟海",书的世界却真正的"天涯若比邻",这话绝不是唯心的比拟。世界再大也没有阻隔。佛说"三千大千世界",可算大极了。书的境地呢,"现在界"还加上"过去界",也带上"未来界",实在是包罗万象,罗通三界。而我们却可以足不出户,在这里随意阅历,随时拜师求教。谁说读书人目光短浅,不通人情,不关心世事呢?这里可得到很丰富的经历,可认识各时各地多种多样的人。经常在书里"串门儿",至少也可以脱去几分愚昧,多长几个心眼儿吧?我们看到道貌岸然、满口豪言壮语的大人先生,不必气馁胆怯,因为他们本人家里尽管没开放门户,没让人闯入,他们的亲友家我们总到过,自会认识他们虚架子后面的真嘴脸。一次我乘汽车经过巴黎塞纳河上宏伟的大桥,我看到了栖息在大桥底下那群拣垃圾为生、盖报纸取暖的穷苦人。不是我眼睛能拐弯儿,只因为我曾到那个地带去串过门儿啊。

可惜我们"串门"时"隐"而犹存的"身",毕竟只是凡胎俗骨。我们没有如来佛的慧眼,把人世间几千年积累的智慧一览无余,只好时刻记住庄子"生也有涯而知也无涯"的名言。我们只是朝生暮死的虫豸(还不是孙大圣毫毛变成的虫儿),钻入书中世界,这边爬爬,那边停停,有时遇到心仪的人,听到惬意的话,或者对心上悬挂的问题偶有所得,就好比开了心窍,乐以忘言。这个"乐"和"追求享受"该不是一回事吧?

五、人的高贵在灵魂

做个快乐读书人

【刘　墉】

今天下午，你去上中文课之前，我看见你不断地翻书，一边翻，一边数，然后得意地说你这个礼拜读了两千多页的课外书，一定能得奖了。

过去的两个礼拜，爸爸也确实看见你每天才吃完饭，就抱着书看，爸爸还好几次对你说："刚吃完饭，应该休息休息，让血液去肠胃里工作。如果急着看书，血都跑到脑袋里去了，会消化不良。而且刚吃饱比较糊涂，读书的效果也不好。"

只是不管爸爸怎么说，你都不听，才把书放下几分钟，跟着又拿起来。你读书的样子好像打仗似的，好快好快地翻，读完的时候还大大地喘口气："哇，我又读了一本。"

现在，爸爸终于搞懂了。原来你们班上有读书比赛，每个礼拜统计，看谁读得多。

爸爸不反对这种比赛，它确实能鼓励小朋友多读不少书。只是，爸爸也怀疑你到底能记住多少，又读懂了多少。

如果你只是匆匆忙忙地翻过去，既不能咀嚼书里的意思，又不能欣赏美丽的插图，甚至不能享受那些故事，获得读书的乐趣——

你读得再多，又有什么意义呢？

读书就跟到博物馆一样。你可以"精读"，从头到尾只待在一间展览室里，研究一两样东西；你也可以"浏览"，到处走走，遇到感兴趣的，就多读一下展品的说明。

读书也可以像是参加"发现之旅"的比赛。大家拼命读，拼命

冲，比谁读得多，谁考得好。只是到头来，很可能没见到多少，没学到多少，徒然得个虚名，却既浪费了时间又搞坏了身体。

在这儿爸爸要告诉你两句孔子说过的话——

孔子说："把已经学过的东西，常常拿出来温习，不是很喜悦的事吗？"

孔子又说："只知道学习，却不假思索，到头来等于白学；只靠思索却不去学习，则变得危险了。"

在孔子的这两句话里提到了三个词，也就是"学"、"习"和"思"。

"学"是指"学新的东西"。

"习"是讲"温习"，也就是把学过的东西再温习一下。

"思"是讲"思索"，让学到的东西能在脑海里多打几个转，甚至引发一些自己的想法，产生一些自己的创意。

现在，爸爸要问你，你这个礼拜读了两千多页书，算是"学"，是"习"，还是"思"？

你的答案大概只有"学"吧！

孩子！你总是去图书馆，那里的书是不是好多好多，让你读一辈子也读不完？

如果有个人天天都去读书，一辈子读了几千万页的书，他还有时间写文章、写书，或把学到的东西拿来使用吗？

这也好比前两个月，爸爸说要种番茄，从图书馆里借了七八本教种番茄的书，爸爸若一页一页看，只怕到现在还在读书，我们的后院又怎么能有已经红了的番茄呢？

所以，书虽然不会动，像是"死的"，但是里面的学问是"活的"。

那活的学问又好像种子，你必须把它拿出来，播到土壤里，每天浇灌，常常施肥，才能长出果实。

如果你根本不把种子拿出来，或播完种却忘了，任它自生自灭，长出一大堆杂草来，是不可能有好的收获的。

孩子！爸爸不要你拿第一，只希望你做个快乐的读书人：快乐地

五、人的高贵在灵魂

读,快乐地用,常常温习,常常思索。

我希望你每星期只读一两本书,却能在读完之后对我提出很多自己的想法,甚至有一天对我说:"爸爸!你看我也模仿那本书,写了一个小故事,我还画了几个插图呢!"

图书包含着整个生活。
——巴尔扎克

外物之味,久则可厌;读书之味,愈久愈深。
——程 颐

读书要有缘分

【二月河】

其实万事都要缘分的。譬如我们遇到一个陌生人,第一感觉就有"顺眼"、"不顺眼"之分,但原先一丁点恩怨也没有。佛家讲就是"阿赖耶识"在起作用。譬如踏破铁鞋无觅处,费尽千辛万苦找不到,突然一个极偶然的机会,碰到了,或者是找到了——得来全不费工夫。譬如一项化学实验,绞尽脑汁就是不能成功,偶然发现一种催化剂,它就……譬如……我说的读书只是譬如之一。

我是经历过一段填鸭式读书的过程的。那是"文化大革命"期间吧,全民都在文化荒漠之中。那个时候我的感觉,仿佛见到所有的文字都是亲切的。我在废旧公司收的破烂里觅,在朋友家里搜,在图书馆的角落里捡,地下掉的一张纸片,一本旧台历,上头只要有我没见过的文字,都会使我心目一开。什么《匹克威克外传》、《名利场》、《双城记》、《悲惨世界》、《复活》、《安娜·卡列尼娜》、《牛虻》、《三个火枪手》、《第二次握手》、《镀金时代》、《百万英镑》、《王子与贫儿》、《汤姆·索亚历险记》、《哈克·费恩历险记》……直到《玉匣记》、《奇门遁甲》、《麻衣神相》、《柳庄相术》,包括道士们画的驱鬼驱狐的符咒——没有老师,也无人指导,全都是猪八戒吃人参果那般囫囵吞下去。《聊斋志异》里写了一个鬼,他读文章不用眼,是用鼻子。烧归有光的文章,他点头会意:"此文吾心领而神受矣。非归,胡何解以此?"烧到考场考官的文章,他会打喷嚏,呛得鼻涕眼泪齐流——怎么突然挨了这种东西?"……刺于鼻,辣于脏,格格而不能下矣。"——这种八股文,他认为是毒瓦斯,比尿还要臭、

五、人的高贵在灵魂

毒的玩意——我的水平不及那鬼。多少年后,我读到一本清末的八股应试文本,似乎也没有他那样"过敏"。

但有些书确是不对我的缘分,或者不对脾胃,巴尔扎克的《人间喜剧》就没能卒读。不是没有时间,而是感觉读不到位,有的篇章还可以,有的篇章匆匆一览过后便忘。《战争与和平》我至少读了五遍,也还是找不到心灵震撼的切入点,关怀不到书中要旨与人文思想。喜爱《基度山伯爵》,《茶花女》就一般。金庸的书几乎全都爱,但他的《鹿鼎记》至今还在书架上是个摆设,我觉得里头的社会性不够,大量演示一个小流氓的跳梁,不足以显示那个时代的特色。王朔说了金庸很多不恭之词,他两个抵触是都晓得了,但我喜爱金庸,也爱王朔。郑渊洁的童话起初也很使我着迷,他后来的作品明显是硬凑着"说"童话,不那么"娓娓"了,我也就淡了。我读书喜欢"原味原汁","清淡"的便清淡了。像《第三帝国兴亡》,虽然不是小说,但它刺激、原味,仍然可以使人通宵达旦地读下去。太浪漫的书如《斯巴达克斯》、《三个火枪手》味道很重,但我也读不出兴味。我喜爱莱蒙托夫的诗,对普希金就恬淡。当然这都很"相对",不是那样兴奋,不那样"雀跃"而已。

在很长时间里,我一直认为,这完全是我的读书主观不够档次的缘由。后来自家著书,又接触到不少大腕专业读者——评论家,发现和他们意见一样的。这样,我的疑心便动摇了,《红楼梦》是好书,但也有许多人并不爱读的,更遑论《聊斋》、《西游记》、《水浒》,真可谓"萝卜白菜各有所爱"。你是一家,也许真的荼毒了许多人,也许成全了不少人。这不能用"对"或"错","档次高"或"档次低"来界定的。

我的书是能卖钱的,卖相好的书出版家便以为好,"为的钞票"。但我深知,有些不能挣钱,出版家照出,因为明明白白它是好书,可以为出版社"门庭生辉"。有些顶尖级的书读者群很集中,但一般读者却不问津。这不是书的问题,是人和书的缘分的事。有的朋友

说我的书是"通俗读物",我知道他的意思是"不入大雅之堂"的吧。那也是他的缘分不对,但我不否认我的书通俗,我的书就是给千千万万肯从自己血汗钱中取出一点来买进他的书屋、店铺,甚至带到公交车上、厕所里去读的,这也是无可救药的缘分在起作用。至于读到了多少,读出什么味道,那是和读者交通的结果,不足与外人道。

我的女儿爱读琼瑶、三毛,爱啃她的青苹果,谁能说她"不对"呢?我会因为她不爱读我的书而不爱她吗?

别人也一样。

智者阅读群书,亦阅历人生。

——林语堂

六、穿越历史的烟云
LIU CHUANYUE LISHI DE YANYUN

戈壁有我 / 郭保林

天地苍茫一根骨 / 庞　进

风清月白一草堂 / 杨　雪

长城秋雨夕 / 贾宝泉

阳关雪 / 余秋雨

岳阳楼记 / 汪曾祺

沉船——为邓世昌而作 / 高洪波

羞女山 / 叶　梦

戈壁有我

【郭保林】

大草原的尾声便是戈壁滩。

戈壁滩是死亡的草原。

七月,我们的汽车在热风炙浪的夹击下,气喘吁吁地挣扎爬行。

大戈壁汹涌澎湃地席卷而来,车速很慢。我的目光在前后左右的车窗外,以360度的大视角纵横驰骋——这是纯种的戈壁,没有一点杂质,没有山阿,没有河流,没有背景,旷达的蓝天,缥缈的白云,一目荒旷的沉寂,一目宏阔的悲壮,粗莽零乱的线条,恣肆奔放的笔触,浮躁忧郁的色彩,构成浩瀚、壮美、沉郁、苍凉和富有野性的大写意,一种摄人心魄的大写意。成片成片灰褐色的砾石,面孔严肃,严肃得令人惊惶,令人悚然。这是大戈壁面靥上的疤痕,还是层层叠叠的老年斑?

沉重的时间压满大戈壁。戈壁滩太苍老了,苍老得难以寻觅一缕青丝,难以撷到一缕年轻的记忆,仿佛历史就蹲在这里不再走了,昨天,今天,还有明天都凝固在一起。

但是,我们并未停下。车子从戈壁滩僵硬的面靥上碾过,而它无动于衷,一阵风轻巧地擦去轮痕,前面依旧是起起伏伏、莽莽苍苍的戈壁沙丘,疯长着亘古洪荒,铺满百代旷世的岑寂。

据说,我们的车行路线是古丝绸之路。在人类历史上,影响最深、持续时间最长的四大文化体系——中国文化体系、印度文化体系、伊斯兰文化体系、希腊罗马西欧文化体系——的交汇点,就是这条古丝绸之路。它是历史的通道和罗盘,它导引过心灵史、文明史以至于生物史,至今,敦煌宝窟的画壁上还生活着两千年前用骆驼贩运丝绸、茶叶

六、穿越历史的烟云

和陶瓷的商人。想当年,这路上骆驼成列,驼铃叮咚,车马喧阗,驿站如珠,该是一片多么繁华的景象啊!而今丝绸之路荒芜了,湮灭了,罗盘生锈了。

汽车在奔驰。

又是一片僵硬的雷同化的灰褐色砾石,大大咧咧,蛮蛮横横。星星点点的芨芨草和三两墩红柳,像垂危的老人,它的青春和生命被风沙和干燥榨干了,它的灵魂也扬弃得无影无踪。炽白的蜃气把地球表面固有的绿涤荡得一干二净。

大戈壁藐视生命,嘲弄生命。我不知道它吞噬了多少如花的青春和如雨的血泪,这漫漫古道咽饮了多少驼铃的悲怆和戍边将士的悲绪;这浩浩风沙摇落了几多闺妇的春梦和相思树上苦涩的青果;这重重叠叠的沙砾下面又埋葬着几多累累白骨?而今,这里是死神盘踞着。鸟雀罕至,人迹罕至,天空是阳光恣意的泛滥,眼前是风沙的狂歌,亘古的蛮荒肆无忌惮地袒露着它的高傲和雄悍——这一切都像野兽派画家的杰作,不,这是宇宙之神的雕虫小技,完全按照它意念的任意涂抹。我想,宇宙之神在创造这戈壁巨幅时,肯定是情绪惶惑,思想苦闷,而又体力强壮,精力过剩。

这惊心动魄的苍凉和浩瀚,可以驰骋想象,既无高山的阻挡,又无噪音的干扰。我放飞思绪的小鸟,穿越时间的屏障——我看见飞将军李广、汉家大将军霍去病的啸啸战马,猎猎大纛,迎风踏踏而去;我看见汉武帝的使臣张骞、大唐一代佛宗玄奘的驼队,昂首行进在戈壁荒漠,风沙浩浩,星路遥遥,驼蹄踏碎星夜的寒霜,驼铃摇落戈壁的黄昏。一曲《折杨柳》的哀吟,三两声《阳关三叠》的古韵,使这寂寞的氛围更添一抹凄凉,几缕悲怆……生命的旋涡,人类的梦幻,而今都化为一种历史的难堪和风沙卷逝而去又卷来的喟叹。

你看,那一丛丛骆驼刺,被阻拦的沙尘形成一个个小丘,像坟墓似的,莫不是那里真的埋葬着戍边将士的遗骨?"醉卧沙场君莫笑,古来征战几人回?""坟丘"排列成一个个方阵,没有纸幡,没有花圈,没有

墓碑,只有萧条和凄凉相伴,只有漠漠的阳关的抚慰,只有浩浩长风的哀吟。风过草梢飏飏作响,那是一代代古魂在悲泣么?

汽车穿行在"沙坟"中,索索的骆驼刺向我讲述着一幅幅战争的残景——甲戈森森,旌旆烈烈,战马啸啸,厮杀声、嚎叫声、呐喊声、呻吟声,血染沙碛,尸暴荒野……这里原是一个古战场,战争的悲剧曾轰轰烈烈地演出一幕又一幕。目睹这漫漫戈壁,谁说这里是不毛之地?戈壁滩曾长出二十四史一页页辉煌,曾长出唐诗宋词的悲壮,曾长出阳关三叠的凄怆,也长出过"劝君更进一杯酒,西出阳关无故人"的黯然神伤……

前面出现一座古城的废址。我们停下车来,走进废城。只见一堵堵被蚀的沙墙,默默地矗立在阳光下,似乎向苍天昭示着什么,祈祷着什么,也许是回忆昔日的风采,哀吟今日的冷落。我不是考古学家,但从残垣断壁上,也能读出几个世纪前,这里曾是歌舞声喧,车流人浪,爱的疯狂,情的轻佻,茶的香馨,酒的浓醇……眼前却是一片死寂。轻轻拂去浮沙,那墙垣下部还有烟熏火燎的痕迹,也许是戈壁驼队曾在这里躲避过风暴,孤独的戈壁之旅曾在这里做过几缕温馨的寒梦。那驼队遗落的驼铃呢?那胡琴丢失的音符呢?举目四望,依然是雄风浩浩,飞沙漫漫,依然是裸体的黑褐色的砾石,几棵红柳和骆驼刺点缀着古道一千七百年的荒凉。还有一堵被风蚀的沙柱,像纪念碑似的矗立着庄严和孤独,向历史宣告,这里是一处神秘、恐怖、狞厉而又以慈悲为怀的密宗天地。

一切都被风沙埋没了,被时间的巨浪吞噬了。

人类是难以征服宇宙的。人类只是在宇宙的缝隙中默讨着生活的偶然幸存。在宇宙面前,人类是孤独的。几千年来,人类在这里播种的文明和文化、繁荣和繁华、恩爱和仇恨、美丽和丑恶、善良和罪孽……都化为了乌有。只留下这类似月球地貌的灰褐色宣言,只留下太阳孤独的鸣唱,只留下漠风唱给死亡的挽歌!

一位哲学家说过,人类的悲哀与宇宙的存在是两个极端,人类的

六、穿越历史的烟云

意识大于他的存在,宇宙的存在大于它的意识。

宇宙之神啊,你对生命永远保持着那种高傲的淡泊,冷酷的仪表和狂妄的自尊;在宇宙眼里,人类不过是黏附在地球表层的微生物,宇宙的尺度从来不须衡量人类的行程和人生的历程,即使对秦时皓月汉时关,对五千年华夏历史的辉煌也不屑一顾。但是,在这狂风的起跑线上,在这起伏跌宕瀚海潮头,在这无边无际的空旷和寂寞中,宇宙之神也是孤独的,是那种无法宣泄的悲哀和难以倾诉的孤独。

我在戈壁滩上漫步。太阳已西斜,热浪开始退潮。

前面是戈壁,身后是戈壁,左边是戈壁,右边也是戈壁。我浑身长满戈壁意识。我不是随着戈壁走,而是戈壁随着我走。

荒凉,荒凉!荒凉得残酷、残忍、残重!然而在这荒凉之中,我却看到一切都是平等的,废墟比之灯火辉煌的大厦,瓦砾比之繁华的商业区,穷鬼乞丐比之亿元豪富,庶民百姓比之达官贵人,体现出更多的平等精神和民主意识。这是一切都处于湮灭中的平等,是一种无可奈何的平等,是宇宙之神随意创造的一种平等。

蛮野的豪风,粗粝的阳光,宇宙的宏阔,史前的苍茫,构成大戈壁的庄严和肃穆,构成一种不屈不挠地创造无数激越与奋争的瞬间的永恒。

四维空间只剩下一维。不,还有我!有我在,大戈壁便增加成了二维。我正处在洪荒炽情的拥抱中,我正处在亘古沉寂的热恋之中,我和宇宙之神肩并肩地站在遥远的地平线上,四周弥漫着"古从军"乐曲的那种迂回悲壮。此时此刻,只有我和宇宙之神在谈心、聊天。宇宙之神伏在我的肩头,悄声说:"大戈壁最美的风景是晚霞,不信,你等着瞧——"

宇宙之神并未说假话。当大戈壁的黄昏降临之时,的确是一帧美丽悲怆的大风景。且看,远处那一道道起伏跌宕的沙梁,那是夕阳点燃的一条条火龙。火龙在晚风中飞跃腾动,发出一种啸啸的鸣叫,给戈壁滩增添无限的生机和壮观。而遍地的砾石,红光灼灼,热烈动人,像是

谁遗弃的无数元宝。至于那阔大的天空,则开满绚丽的血红的野罂粟花——那种美丽的带有毒性的花!那是献给大戈壁热情的吻么?大戈壁也似乎年轻了,到处是深深浅浅、迷迷茫茫的金碧辉煌,而那骆驼刺和红柳也开出星星点点的红花,结满星星点点的红果,更添一抹斑驳富丽的景观,给人以庄严、神秘的感觉。

夕阳沉去了。我站在暮色中,只觉得自己也化为一朵花,向大戈壁倾吐着爱恋之曲;化为一株草,一棵树,向宇宙颂扬着生命之歌!

历史是说过和做过事情的记忆。

——卡尔·贝克

六、穿越历史的烟云

天地苍茫一根骨

【庞　进】

司马迁的祠墓在陕西的韩城市。祠内有他的塑像：束高发，穿红袍，长眉入鬓，双目炯炯——那眼神，有穿透历史烟云的明晰和超凡入圣的穆然；显著的还有那一袭长及心胸的须髯，给人一份文人的傲岸和学者的庄重。据说，人受过宫刑，胡须会随之脱光，而这尊塑像，依然长须飘拂——这大概是民意使然了：你皇上要把一个血性须眉变成一个不男不女的"太监"，可在我们老百姓的心目中，这个人依然是男子汉，顶天立地、气吞山河的男子汉！

仔细看，司马迁的塑像是稍稍有些斜的，头向北方偏着。一种说法认为，司马迁是在遥望北方的苏武庙，因为这位在北国牧了十九年羊的汉朝使臣，和司马迁是肝胆相照的僚友。另一种说法认为，司马迁是在遥望李陵，这位大汉名将的被迫降敌，正是司马迁罹祸的原因啊。我是倾向于后一种说法的，我甚至觉得"李陵之祸"降临到司马迁的头上，是有某种必然性的。不错，司马迁是一个有骨气有血性又才华横溢抱负远大的文人，这样的文人在任何一个朝代，都是社会的良心。当李陵"提步卒不满五千，深践戎马之地"，重创十万敌骑的消息传到长安时，汉武帝刘彻是笑眯眯的，公卿王侯们也纷纷"奉觞上寿"，好听话说得长乐宫的麻雀都似乎要变成翩翩起舞的宫女。不料几天后，李陵终因矢尽粮绝、寡不敌众而被俘降敌。消息传来，全朝廷都哑巴了，刘彻更是"惨怆怛悼"，脸吊得像经了霜的秋茄子。

"你们还有什么话说？"朝堂上，刘彻目扫群臣。群臣或面面相

飙,诺诺唯唯;或言李陵该千刀万剐,夷其九族不足以抵罪。当刘彻对这样的看法眯目点头的时候,我们的太史公站了出来。他说李陵平时克己奉公,身先士卒,有国士之风。此次出征,孤军奋战,血染寒山,英勇可嘉。降敌是一时无奈,日后有机会,他还会报效汉朝的。"好你个司马迁,"刘彻震怒了,"你竟敢替叛贼说话,谁给你的胆量?"

现在看来,司马迁充其量不过是说了几句公道话而已。然而,问题倒不在于公道话本身,而在于竟然有人敢于站出来说公道话。社会良心和专制强权在这儿发生了深刻的矛盾。在刘彻的心目中,做臣子的差不多是一群牛马狗,鞭子下驮拉耕作,唯主子鼻息是仰,哪里有你人模人样地站在我的对面说什么公道话的权利?

对武帝刘彻,司马迁曾经抱有幻想。做太史令,他异常勤奋,总想博得武帝的欢心。即使站出来为李陵辩护,也是见皇上满脸的"惨怆怛悼",禁不住效一番"款款之愚"。然而,残酷的现实粉碎了文人的天真,他终于明白了:刚直不阿的书生和专横残暴的帝王是冰和炭、玉和泥。于是,不再幻想不再幽怨,为了"草创未就"的《史记》,为了"究天人之际,通古今之变,成一家之言"的理想和事业,他咬牙吞血,毅然决然地走向了苦难,"就极刑而无愠色"。至此,司马迁实现了一个转变,一个御用工具向独立人格的转变。从此,一个书生走到了一个帝王和这个帝王赖以存在的庞大体制的对立面。你可以摧残我的肉身,但你摧不毁我的抱负;你可以夺取我的生命,你却打不倒我的精神。我就要谱写一部世上从来没有的大书,让这个民族记住司马迁,让这个世界记住司马迁!也让你刘彻看看,什么是真正的文人,什么是文人的肝胆。寒凝春华发,血沃劲草肥。炼狱淬火,司马迁在提升精神的同时,成就了一根骨头。

好一根骨头啊!即使面对一百个汉武帝,一千次酷刑,一万回磨难,这根骨头也不会酥软,绝不酥软!

六、穿越历史的烟云

风清月白一草堂

【杨 雪】

一踏上川蜀之地，人就变得魂不守舍。无数耳熟能详的诗词像远古的风铃回荡在耳边，喧闹都市的大街小巷依稀辨得清司马相如的琴台和李白的酒肆。隔街便是陈子昂的读书台，却抽不出时间去拜访，润物无声的春雨夜夜敲打着我的惋惜。

好在还有杜甫草堂。可以有一下午的时间细细流连，悄悄贴近她敏感的心。

成都人是爱杜甫的。他们以他们独有的方式爱了这位诗人一千年。说不清从什么时候起，每年的正月初七，万里桥西、百花潭边，都会有成群结队的男女老幼游草堂，来陪伴一生寂寂的杜甫。草堂修缮得极好。杜甫在这草堂的四年光阴里写了二百多首诗，占了他全部诗作的六分之一，这里的一草一木仿佛都曾激发过诗人的灵感。蜿蜒的"花径"，如烟的"水竹居"，野趣十足的"恰受航轩"，使简简单单的山水忽然便有了动人的意境。

暮春的成都温润如玉。缓缓走过草堂的角角落落，听得见历史的低语。葱郁的树木遮天蔽日，呵护着草堂的精气神儿。没有比成都这样富庶繁华而又温和闲适的城市更适合疗养一颗颠沛流离的心灵，也没有比草堂这样朴素自然而又随意的居所更适合暂时忘却遥遥的思乡之情。从少年得意裘马轻狂到长安十年的报国无门，从残杯冷炙身处悲辛的世态炎凉到挈妇将雏举家逃遁的狼狈，杜甫多么盼望能有一处安放七尺之躯的家园！远离战乱的成都虽不是什么世外桃源，但"舍南舍北皆春水"的茅屋毕竟可以让诗人在江畔独步

寻花,享受一下久违的宁静与闲适。"昼引老妻乘小艇,晴看稚子浴清江",这样的图画在杜甫的一生中真正少见。柴门送客、水槛遣心、江亭坦腹……诗人坚硬的生命第一次疏朗得让人艳羡,无人赏识的痛楚、剪不断理还乱的愁绪在月白风清的夜里暂时潜伏起来了。

杜甫旺盛的创作使成都人无端获得了一笔财富。人们本希望他能呆得久一些,为成都留下更多的财富,然而,异乡为客的杜甫早已是归心似箭。草堂只能是他风尘仆仆的旅途中的驿站,永远不可能是最后的归宿。

"今春看又过,何日是归年?"这是杜甫在寂寂的暮春之夜发出的感喟。是的,成都并不乏"邻家有酒邀皆去"的温暖,也有的是"千朵万朵压枝低"的花蹊,但成都并不能让诗人"喜欲狂",也无法让诗人"白日放歌"。一首《闻官军收河南河北》出卖了杜甫,"即从巴峡穿巫峡,便下襄阳向洛阳",诗人一刻也不愿在成都停留。虽然直到生命的最后,杜甫也没能如愿北归,但他却再也没有回过四川。他宁愿四处流浪,甚至客死湘江,也没有再停下奔波的脚步,找一处暂时栖息的草堂。

杜甫曾有"名岂文章著,官应老病休"的名句,学者对此的解释历来不一。有的人认为杜甫是在自谦,意思是说,自己写诗本是随意而为,并不值得人们的推崇,恐怕名实不符;另一种意见认为杜甫是在自嘲,大丈夫本应治国平天下,鞠躬尽瘁,死而后已,赢得一世的英名,而自己竟然一直没有找到为国效劳实现理想的机会,只能以笔墨诗文虚度一生,纵然再有虚名终究意难平!我以为,后一种解释似乎更为合理,否则又怎么来解释杜甫一次又一次的漂泊?

诗人的壮志难酬成就了那些不废江河万古流的诗歌,我们也因此拥有了一位伟大的诗人,幸耶?不幸耶?草堂虽然没有挽住诗人的衣襟,但它为诗人蓄积了又一次劲发的力量,为诗人最终走向艺术的巅峰做了最后的准备。如果不曾读过诗人在草堂的"水流心不

六、穿越历史的烟云

竟，云在意俱迟",我们今天又怎能读得懂那些苍凉雄浑的《秋兴八首》?

离杜甫草堂不远，是武侯祠，安息着出师未捷身先死的诸葛孔明，成都人在这两位古人的庇护下，优哉游哉地生活了上千年，而且仍将意满心足地活下去，这真让人艳羡。

每个时代，都贬斥旧的错误，但却都产生新的错误。
——富勒

历史给我们的最好的东西就是它所激起的热情。
——歌德

长城秋雨夕

【贾宝泉】

雨中登长城,秋风萧瑟无限意。

雨是今天的雨,长城是昨日的长城。

北国深秋的雨,点点滴滴,点点滴滴,温柔缠绵亦如南国梅子黄时雨。雨催开伞的花,红的、绿的、黄的、叫不上颜色的,八达岭的长城之上、长城之下,便蔚成伞的花圃;伞下面是人,黄皮肤的、白皮肤的、黑皮肤的、棕色皮肤的、满世界各色皮肤的,都来了,都来到这长城之上、长城之下,一起笑着、嚷着、用手指点着,谁也不肯让心神稍歇。十月的潇潇雨不曾邀来雷声,人们的欢声笑语便是轻奏的雷鸣。

长城又称紫塞,长城外又是塞外。幼时夜读古典诗词,"塞外"的字眼时常让我惊心触目,拖两行细长的清泪,点点滴滴,点点滴滴,落在线装书上,洇湿一片宣纸的黄土地,为筑长城的流民,为哭倒长城的孟姜,更为去国怀乡的戍边将士。微风轻摇豆油灯焰,把亡故的帝王后妃、才子词人、离人思妇一起投影到我的心幕,这几千年的电视连续剧得播映多少个时辰?像我这样读长城哭长城的少年一定不少,从古至今到未来,泪水积少成多,就连绵成代代秋雨,打湿秦时天空,汉时天空,元明的天空,直到中山服牛仔裤的天空,直到几千年以后红男绿女们美丽的天空,远古的气息就这样给代代秋雨闪回,闪回到长城还在人世的时候。

不再是"风萧萧兮易水寒",不再是"沙场白骨兮刀痕箭瘢",不再是"将军白发征夫泪",不再是"胡儿眼泪双双落"。如今一统了,紫塞内外飘扬的是同一面旗子。远近的烽火台还在,东一座西一座结

六、穿越历史的烟云

成抗风林。长城上依然有汉家兵将,头戴金盔身着铠甲,不过并不出征,而是笑容可掬地为中外游客导游。

秋雨越来越浓,转眼间就密似珠帘了,而游人并不减少,反倒越来越多。

一朵又一朵的浓云依恋在长城垛口上,随着长城追随到目力不到的远处。雨中看不远,但我推断得出,浓云下面一定是人,黄皮肤的、白皮肤的、黑皮肤的、棕色皮肤的、满世界各色皮肤的;而云朵外,依旧是长城,长城的前方,还是云……

长城外边是花是草是树,塞外的花、草、树。高挑的白桦挺起胸脯做着雨中浴,绰约的美人松虽然给秋雨淋湿了头发,依旧练着舞功,柿和枫执拗地持守霜重色愈浓的性子,分别着一身淡黄、轻红;特别是枫,岁岁年年云鬓样,秋雨不改旧时妆,云雾重了它是轻红,云消雾散它是深红,我行我素地自甘寂寞地守在立着长城的山上,年年的云雾没有漂白了它,倒是它把云雾染红了。

树间安谧地饮食的牛羊,有牧童吹着竹笛来往。他不用鞭,笛声依约是他流动的鞭。人和牛羊都做着雨中浴;牛蹄下的草,绿得深,绿得重,发射翡翠的冷光,俯俯仰仰迎送旅人;草间的野花,虞美人们、波斯菊们、蓝鸽子花们,静静地编织一片云,翌晨挂在天上就是朝霞了;花下的蘑菇一柄柄都是白绸伞,我想,这些伞下一定有许多小甲虫躲雨,那些年长的甲虫们,一定会展开薄翼遮在小儿女们头上的。

树外的古道两旁,小桥流水隐约,竹篱人家宛然画图。古道上有汽车竞赛长跑,在山腰写着一个又一个"之"字。古道用它久历风雨的肩膀扛起现代文明。

当年筑造长城的流民和兵卒,未必想得到他们给后世留下珍宝,更不会想到几千年以后有个农民的儿子叫毛泽东的,说了句"不到长城非好汉"的话,给人敕写碑上,竖在长城边侧;也不会想到还有个尼克松,有个撒切尔夫人,有个伊丽莎白女王,还有无以计数的海内外游

127

人,万里迢迢来看他们的杰作;他们当初想的无非是尽快造好长城省去一些战事,然后回家与亲人团聚,一起饮陶罐里的低度酒。

往往,举世瞩目的古迹,就是在深重的苦难中建造的。它要求建造者准备几百吨的血,几千吨的泪,几万吨的汗,不计其数的生命。它的挺立,意味着一些人要倒下;往往,古迹的设计者和建造者只是出于一个并不繁复的设想,却在无意间为后世留下珍宝,进而为一个民族制作了图腾。

秋雨渐渐地停了,云隙间透出蔚蓝的天光,湿重的云团躲进山谷里养神,轻纱似的云缕还留在长城上擦拭游人的履痕。夕阳已走到山村,它的光芒并不离开,依旧穿过云阵照着八达岭的群山,以及我足下、头上的长城。长城两侧的山峦上,最美的是枫,是柿树,一株枫就是一个红火把,一株柿树就是一个黄火把,这千千万万的火把,把紫塞内外的长城烧得黄中透紫,有如一簇簇温度不等的火焰。长城是伸向云天的旗,枫是它的红缨;长城是万里关山上的万里路,云是它的驿站。

游人前方是云朵,云朵下面是人,黄皮肤的、白皮肤的、黑皮肤的、棕色皮肤的、满世界各色皮肤的;而云朵外,依旧是长城;长城的前方,还是云;云下,又是人……

长城望不断。长城的前方是长城。

长城赖以存身的,是我的——我们的黄土地。

六、穿越历史的烟云

阳 关 雪

【余秋雨】

中国古代，一为文人，便无足观。文官之显赫，在官而不在文，他们作为文人的一面，在官场也是无足观的。但是事情又很怪异，当峨冠博带早已零落成泥之后，一杆竹管笔偶尔涂画的诗文，竟能镌刻山河，雕镂人心，永不漫漶。

我曾有缘，在黄昏的江船上仰望过白帝城，顶着浓烈的秋霜登临过黄鹤楼，还在一个冬夜摸到了寒山寺。我的周围，人头济济，差不多绝大多数人的心头，都回荡着那几首不必引述的诗。人们来寻景，更来寻诗。这些诗，他们在孩提时代就能背诵。孩子们的想象，诚恳而逼真。因此，这些城，这些楼，这些寺，早在心头自行搭建。待到年长，当他们刚刚意识到有足够脚力的时候，也就给自己负上了一笔沉重的宿债，焦渴地企盼着对诗境实地的踏访。为童年，为历史，为许多无法言传的原因。有时候，这种焦渴，简直就像对失落的故乡的寻找，对离散的亲人的查访。

文人的魔力，竟能把偌大一个世界的生僻角落，变成人人心中的故乡。他们褪色的青衫里，究竟藏着什么法术呢？

今天，我冲着王维的那首《渭城曲》，去寻阳关了。出发前曾在下榻的县城向老者打听，回答是："路又远，也没什么好看的，倒是有一些文人辛辛苦苦找去。"老者抬头看天，又说："这雪一时下不停，别去受这个苦了。"我向他鞠了一躬，转身钻进雪里。

一走出小小的县城，便是沙漠。除了茫茫一片雪白，什么也没有，连一个皱褶也找不到。在别地赶路，总要每一段为自己找一个目标，

盯着一棵树，赶过去，然后再盯着一块石头，赶过去。在这里，睁疼了眼也看不见一个目标，哪怕是一片枯叶，一个黑点。于是，只好抬起头来看天。从未见过这样完整的天，一点也没有被吞食，边沿全是挺展展的，紧扎扎地把天地罩了个严实。有这样的地，天才叫天。有这样的天，地才叫地。在这样的天地中独个儿行走，侏儒也变成了巨人。在这样的天地中独个儿行走，巨人也变成了侏儒。

天竟晴了，风也停了，阳光很好。没想到沙漠中的雪化得这样快，才片刻，地上已见斑斑沙底，却不见湿痕。天边渐渐飘出几缕烟迹，并不动，却在加深，疑惑半晌，才发现，那是刚刚化雪的山脊。

地上的凹凸已成了一种令人惊骇的铺陈，只可能有一种理解：那全是远年的坟堆。

这里离县城已经很远，不大会成为城里人的丧葬之地。这些坟堆被风雪所蚀，因年岁而坍，枯瘦萧条，显然从未有人祭扫。它们为什么会有那么多，排列得又是那么密呢？只可能有一种理解：这里是古战场。

我在望不到边际的坟堆中茫然前行，心中浮现出艾略特的《荒原》。这里正是中华历史的荒原：如雨的马蹄，如雷的呐喊，如注的热血。中原慈母的白发，江南春闺的遥望，湖湘稚儿的夜哭。故乡柳荫下的诀别，将军圆睁的怒目，猎猎于朔风中的军旗。随着一阵烟尘，又一阵烟尘，都飘散远去。我相信，死者临亡时都是面向朔北敌阵的；我相信，他们又很想在最后一刻回过头来，给熟悉的土地投注一个目光。于是，他们扭曲地倒下了，化作沙堆一座。

这繁星般的沙堆，不知有没有换来史官们的半行墨迹？史官们把卷帙一片片翻过，于是，这块土地也有了一层层的沉埋。堆积如山的二十五史，写在这个荒原上的篇页还算是比较光彩的，因为这儿毕竟是历代王国的边远地带，长久担负着保卫华夏疆域的使命。所以，这些沙堆还站立得较为自在，这些篇页也还能哗哗作响。就像

六、穿越历史的烟云

干寒单调的土地一样，出现在西北边陲的历史命题也比较单纯。在中原内地就不同了，山重水复、花草掩映，岁月的迷宫会让最清醒的头脑涨得发昏，晨钟暮鼓的音响总是那样的诡秘和乖戾。那儿，没有这么大大咧咧铺张开的沙堆，一切都在重重美景中发闷，无数不知为何而死的怨魂，只能悲愤懊丧地深潜地底。不像这儿，能够袒露出一帙风干的青史，让我用20世纪的脚步去匆匆抚摸。

远处已有树影。急步赶去，树下有水流，沙地也有了高低坡斜。登上一个坡，猛一抬头，看见不远的山峰上有荒落的土墩一座，我凭直觉确信，这便是阳关了。

树愈来愈多，开始有房舍出现。这是对的，重要关隘所在，屯扎兵马之地，不能没有这些。转几个弯，再直上一道沙坡，爬到土墩底下，四处寻找，近旁正有一碑，上刻"阳关古址"四字。

这是一个俯瞰四野的制高点。西北风浩荡万里，直扑而来，踉跄几步，方才站住。脚是站住了，却分明听到自己牙齿打战的声音，鼻子一定是立即冻红了的。呵一口热气到手掌，捂住双耳用力蹦跳几下，才定下心来睁眼。这儿的雪没有化，当然不会化。所谓古址，已经没有什么故迹，只有近处的烽火台还在，这就是刚才在下面看到的土墩。土墩已坍了大半，可以看见一层层泥沙，一层层苇草，苇草飘扬出来，在千年之后的寒风中抖动。眼下是西北的群山，都积着雪，层层叠叠，直伸天际。任何站立在这儿的人，都会感觉到自己是站在大海边的礁石上，那些山，全是冰海冻浪。

王维实在是温厚到了极点。对于这么一个阳关，他的笔底仍然不露凌厉惊骇之色，而只是缠绵淡雅地写道："劝君更尽一杯酒，西出阳关无故人。"他瞟了一眼渭城客舍窗外青青的柳色，看了看友人已打点好的行囊，微笑着举起了酒壶。再来一杯吧，阳关之外，就找不到可以这样对饮畅谈的老朋友了。这杯酒，友人一定是毫不推却，一饮而尽的。

你不必完美

这便是唐人风范。他们多半不会洒泪悲叹,执袂劝阻。他们的目光放得很远,他们的人生道路铺展得很广。告别是经常的,步履是放达的。这种风范,在李白、高适、岑参那里,焕发得越加豪迈。在南北各地的古代造像中,唐人造像一看便可识认,形体那么健美,目光那么平静,神采那么自信。在欧洲看蒙娜丽莎的微笑,你立即就能感受,这种恬然的自信只属于那些真正从中世纪的梦魇中苏醒,对前途挺有把握的艺术家们。唐人造像中的微笑,只会更沉着,更安详。在欧洲,这些艺术家们翻天覆地地闹腾了好一阵子,固执地要把微笑输送进历史的魂魄。谁都能计算,他们的事情发生在唐代之后多少年。而唐代,却没有把它的属于艺术家的自信延续久远。阳关的风雪,竟愈见凄迷。

王维诗画皆称一绝,莱辛等西方哲人反复讨论过的诗与画的界线,在他是可以随脚出入的。但是,长安的宫殿,只为艺术家们开了一个狭小的边门,允许他们以卑怯侍从的身份躬身而入,去制造一点娱乐。历史老人凛然肃然,扭过头去,颤巍巍地重又迈向三皇五帝的宗谱。这里,不需要艺术闹出太大的局面,不需要对美有太深的寄托。

于是,九州的画风随之黯然。阳关,再也难于享用温醇的诗句。西出阳关的文人还是有的,只是大多成了谪官逐臣。

即便是土墩、是石城,也受不住这么多叹息的吹拂,阳关坍弛了,坍弛在一个民族的精神疆域中。它终成废墟,终成荒原。身后,沙坟如潮,身前,寒峰如浪。谁也不能想象,这儿,一千多年之前,曾经验证过人生的壮美,艺术情怀的弘广。

这儿应该有几声胡笳和羌笛的,音色极美,与自然浑和,夺人心魄。可惜它们后来都成了士兵们心头的哀音。既然一个民族都不忍听闻,它们也就消失在朔风之中。

回去吧,时间已经不早。怕还要下雪。

六、穿越历史的烟云

岳阳楼记

【汪曾祺】

岳阳楼值得一看。

长江三胜，滕王阁、黄鹤楼都没有了，就剩下这座岳阳楼了。

岳阳楼最初是唐开元中中书令张说所建，但在一般中国人印象里，它是滕子京建的。滕子京之所以出名，是由于范仲淹的《岳阳楼记》。中国过去的读书人很少没有读过《岳阳楼记》的。《岳阳楼记》一开头就写道："庆历四年春，滕子京谪守巴陵郡。越明年，政通人和，百废俱兴……"虽然范记写得很清楚，滕子京不过是"重修岳阳楼，增其旧制"，然而大家不甚注意，总以为这是滕子京建的。岳阳楼和滕子京这个名字分不开了。滕子京一生做过什么事，大家不去理会，只知道他修建了岳阳楼，好像他这辈子就做了这一件事。滕子京因为岳阳楼而不朽，而岳阳楼又因为范仲淹的一记而不朽。若无范仲淹的《岳阳楼记》，不会有那么多人知道岳阳楼，有那么多人对它向往。《岳阳楼记》通篇写得很好，而尤其为人传诵者，是"先天下之忧而忧，后天下之乐而乐"这两句名言。可以这样说，岳阳楼是由于这两句名言而名闻天下的。这大概为滕子京始料所不及，亦为范仲淹始料所不及。这位"胸中自有数万甲兵"的范老夫子的事迹大家也多不甚了了，他流传后世的，除了几首词，最突出的，便是一篇《岳阳楼记》和《记》里的这两句话。这两句话哺育了很多代人，对中国知识分子的品德的形成，产生了极其深远的影响。匹夫而为百世师，一言而为天下法，呜呼，立言的价值之重且大矣，可不慎哉！

你不必完美
NI BUBI WANMEI

写这篇《记》的时候，范仲淹不在岳阳，他被贬在邓州，即今延安，而且听说他根本就没有到过岳阳，《记》中对岳阳楼四周景色的描写，完全出诸想象。这真是不可思议的事。他没有到过岳阳，可是比许多久住岳阳的人看到的还要真切。岳阳的景色是想象的，但是"先天下之忧而忧，后天下之乐而乐"的思想却是久经考虑，出于胸臆的，真实的，深刻的。看来一篇文章最重要的是思想。有了独特的思想，才能调动想象，才能把在别处所得到的印象概括集中起来。范仲淹虽然可能没有看到过洞庭湖，但是他看到过很多巨浸大泽。他是吴县人，太湖是一定看过的。我很深疑他对洞庭湖的描写，有些是从太湖印象中借用过来的。

现在的岳阳楼早已不是滕子京重修的了。这座楼烧掉了几次。据《巴陵县志》载：岳阳楼在明崇祯十二年毁于火，推官陶宗孔重建。清顺治十四年又毁于火。康熙二十二年由知府李遇时、知县赵士珩捐资重建。康熙二十七年又毁于火，直到乾隆五年由总督班第集资修复。因此范记所云"刻唐贤、今人诗赋于其上"，已不可见。现在楼上刻在檀木屏上的《岳阳楼记》系张照所书，楼里的大部分楹联是到处写字的"道州何绍基"写的，张、何皆乾隆间人。但是人们还相信这是滕子京修的那座楼，因为范仲淹的《岳阳楼记》实在太深入人心了。也很可能，后来两次修复，都还保存了滕楼的旧样。九百多年前的规模格局，至今犹能得其仿佛，斯可贵矣。

我在别处没有看见过一个像岳阳楼这样的建筑。全楼为四柱、三层、盔顶的纯木结构。主楼三层，高十五米，中间以四根楠木巨柱从地到顶承荷全楼大部分重力，再用十二根宝柱作为内围，外围绕以十二根檐柱，彼此牵制，结为整体。全楼纯用木料构成，逗缝对榫，没用一钉一铆，一块砖石。楼的结构精巧，但是看起来端庄浑厚，落落大方，没有搔首弄姿的小家气，在烟波浩渺的洞庭湖上很压得住，很有气魄。

岳阳楼本身很美，尤其美的是它所占的地势。"滕王高阁临江

134

六、穿越历史的烟云

渚",看来和长江是有一段距离的。黄鹤楼在蛇山上,晴川历历,芳草萋萋,宜俯瞰,宜远眺,楼在江之上,江之外,江自江,楼自楼。岳阳楼则好像直接从洞庭湖里长出来的。楼在岳阳西门之上,城门口即是洞庭湖。伏在楼外女墙上,好像洞庭湖就在脚底,丢一个石子,就能听见水响。楼与湖是一整体。没有洞庭湖,岳阳楼不成其为岳阳楼;没有岳阳楼,洞庭湖也就不成其为洞庭湖了。站在岳阳楼上,可以清清楚楚看到湖中帆船来往,渔歌互答,可以扬声与舟中人说话;同时又可远看浩浩荡荡、横无际涯、北通巫峡、南极潇湘的湖水,远近咸宜,皆可悦目。"气蒸云梦泽,波撼岳阳城",并非虚语。

我们登岳阳楼那天下雨,游人不多。有三四级风,洞庭湖里的浪不大,没有起白花。本地人说不起白花的是"波",起白花的是"涌"。"波"和"涌"有这样的区别,我还是第一次听到。这可以增加对于"洞庭波涌连天雪"的一点新的理解。

夜读《岳阳楼诗词选》。读多了,有千篇一律之感。最有气魄的还是孟浩然的那一联,和杜甫的"吴楚东南坼,乾坤日夜浮"。刘禹锡的"遥望洞庭山水翠,白银盘里一青螺",化大境界为小景,另辟蹊径。许棠因为《洞庭》一诗,当时号称"许洞庭",但"四顾疑无地,中流忽有山",只是工巧而已。滕子京的《临江仙》把"气蒸云梦泽,波撼岳阳城","曲终人不见,江上数峰青"整句地搬了进来,未免过于省事!吕洞宾的绝句:"朝游岳鄂暮苍梧,袖里青蛇胆气粗。三醉岳阳人不识,朗吟飞过洞庭湖",很有点仙气,但我怀疑这是伪造的(清人陈玉垣《岳阳楼》诗有句云:"堪惜忠魂无处奠,却教羽客踞华楹",他主张岳阳楼上当奉屈左徒为宗主,把楼上的吕洞宾的塑像请出去,我准备投他一票)。写得最美的,还是屈大夫的"袅袅兮秋风,洞庭波兮木叶下。"两句话,把洞庭湖就写完了!

沉　船
——为邓世昌而作

【高洪波】

　　39岁的年龄，你已为国捐躯了。你沉入一片浓且稠的黑暗中，有咸腥的海水呛入你的肺，你吐出最后一个含氧的气泡，努力睁大双眼，想最后看一眼你的致远舰，你的龙旗，你的被火炮熏黑了脸膛的部属们，以及那只挥之不去的爱犬。可是你已经望不见这一切，你摇摇头，想赶走遮住、罩在眼前的无边的黑暗，可惜你连这点力气都没有了，残存在大脑中的最后一点意识正渐渐消散殆尽，你知道自己已不再属于自己，也许，这就是死吧？你费力地想道。

　　海水再次涌入你的鼻腔，黄海的咸且腥的水。你已不再有任何知觉，海水吞没了你，一尾小鱼从你的鼻尖上游过，它游动的尾鳍掠劫了你的睫毛。你努力想再一次看一眼这生活过39个春秋的世界，可是一切已然远去。小鱼受惊般倏然游走，如一支离弦的羽箭。海水又涌了上来。

　　一片海是一座坟。

　　唯有这样的广阔墓地，才可以安放你的灵魂。一个舰长的不屈的灵魂，一个19世纪中国武士豪壮的灵魂。一个为了军旅的荣誉、为了祖国和朝廷的光荣舍命相搏的好汉！

　　以你的游泳技能，加上在你身旁拼命游动的伙伴、爱犬，你完全能够借助自己和别人的力量生存下来，可是你断然拒绝了这种选择。人在舰在，既然生死与共的致远号已沉入水中，那莫名的悲愤想必让你痛不欲生。你恨狡黠的敌手吉野最后施放的那枚鱼雷，也恨自己躲闪不及，壮志未酬，"撞"志未酬呵，弹尽后最后一次攻击，

六、穿越历史的烟云

大无奈和大无畏的一击，被鱼雷无情地阻隔了，否则，否则舰与舰相撞的刹那，定然是惊天动地的另一种景象。

邓大人就这样走了。

致远号巡洋舰也这样沉没了。

人类与海洋有过千丝万缕的联系，沉船是割断这种联系的最残酷的方式之一，尤其是海战中的非自然沉船。写到这里，偶翻《清稗类钞》第六册，内中有《邓壮节阵亡黄海》，可以作为这篇短文的古典式收尾：

"光绪甲午八月十七日，广东邓壮节公世昌乘致远舰与日人战于黄海，致远中鱼雷而炸沉，邓死焉。先是，致远之开机进行也，舰中秩序略乱，邓大呼曰：'吾辈从军卫国，早置生死于度外。今日之事，有死而已，奚事纷纷为？况吾辈虽死，而海军声威不至坠落，亦可告无罪。'于是众意渐定。观此则知邓早以必死自期矣。邓在军中激扬风义，甄拔士卒，有古烈士风。遇忠孝节烈事，极口表扬，凄怆激楚，使人雪涕。"

不知道邓世昌在战场上最后作的"动员"是怎样传出来的？按《辞海》解释，"全舰官兵二百五十人壮烈牺牲"，当无一人生还。可是《清稗类钞》所载又绘声绘色，所以我判定邓大人的部属是有幸存者的，否则朝廷赐"壮节"的谥号毫无道理。

"甲午海战"中，冰心老人的父亲便是幸存者之一，可见邓世昌完全有可能游回岸上的。但他断然选择死亡，"今日之事，有死而已"，何等地凛然豪壮！谁说千古艰难唯一死，邓世昌沉海的选择，在我看来自然而然，较之《泰坦尼克号》上男主角的情意缠绵来，更惨烈更悲壮也更具男儿血性！

邓世昌的爱犬最后也随他而去，据说这只通灵性的狗一直想救主人，衔着他的衣袖不肯松口，邓世昌断然推开了它，当他们目光对视的时候，这只小狗想必也读出了自己主人必死的决心，它便以身殉主了。

这只小狗没见诸正史，电影《甲午海战》中也缺少了这一笔，可我相信这是历史的真实。

致远号巡洋舰的沉没，是北洋水师耻辱的败绩，大清帝国无奈的衰落，但对邓世昌个人而言，则是另一种意义上的永生。

39岁的邓世昌，邓壮节，邓大人，以辽阔黄海为自己灵魂的栖息地，精神的驰驱场，任浪花飞溅，激情澎湃着，直到一个又一个世纪……

历史是一首用时间写在人类记忆上的回旋诗歌。

——雪 莱

历史上最突出的偶然的机遇是赫赫名人、伟大人物的间歇出现。

——阿伦·尼文斯

六、穿越历史的烟云

羞女山

【叶 梦】

我固执地不相信那些关于羞女山的传说,那沉睡的卧美人——凝固了几十万年的山石,怎么只会是一个弱女子的形象呢?

羞女山是资水边一座陡峭如削、状如裸女的峰峦。

我去羞女山,并不指望真能看到那据说是神形兼备的羞女的芳姿。我唯恐像在巫峡看神女峰,满怀着勃勃兴致去看,末了却大大地失望。

我盼望去羞女山,多半是为了那诱惑了我许多年的羞水。羞女山永远有神奇的泉水,永远有佳丽的女子。喝羞水的女子美,自古以来人们都这么说。

然而,仅仅由于一支关于桃花江的歌,便从此抹杀了羞女山。全中国乃至东南亚各地,谁不知道"桃花江美人窝"呢?

其实,这"窝"并不在桃花水源出之地,而在百里之外的羞女山。

为了却这多年的夙愿,我和一帮朋友相约去了一趟羞女山。

当我们饱餐了这远近闻名的"羞山面",痛饮了果真妙不可言的羞水,还登上了羞女山的最高峰,我只觉得那山确是一座秀丽、俏美的山,虽有几分女人体态的特征,那多半还是借助人们驰骋的想象。

当时我们只是带着一种凡夫俗子的满足离开羞女山,踏上了归程。

不过,走的时候,我的心里老像牵挂着一点什么,仔细一想又找不着。

汽车离开羞山镇,渡过资水,开上去县城的公路。我忍不住侧

首向对岸的羞女山作最后一瞥。

蓦地,我惊呆了。对岸的羞女山,什么时候变做了一尊充盈于天地之间的少女浮雕?车上顿时起了一阵惊呼。同车的本地老乡告诉我们:只有从我们现在这个处所,方能看出羞女的真面目。

我擦了擦眼睛,那斜斜地靠着山冈,仰面青天躺着的,不就是羞女么?她那线条分明的下颌高高翘起,瀑布般的长发软软地飘垂,健美的双臂舒展地张开,匀称的长腿,两臂微微弯曲着,双脚浸入清清的江流。还有,她那软细的腰,稍稍隆起的小腹和高高凸起的乳峰。在暖融融的斜照的夕阳下,羞女"身体"的一切线条都是那样的柔和,那样的逼真,那样的凸现,那样的层次分明:活脱脱一个富有生气的少女,赤裸裸地酣睡在那夕阳斜照的山冈。我似乎感觉到了她身体的温馨,看得见她呼吸的起伏。我祈求汽车开慢一点再慢一点。我使劲盯着不敢眨眼。我担心我眨眼那工夫,那"羞女"便会忽地坐了起来。

我被羞女完美的"体态"震慑了,心灵沉浸在一种莫名的战栗之中。我感叹造化的伟力……

"妈妈,羞女在撒尿哩!"那是一个小女孩清亮亮的嗓音。我的心在颤抖。我害怕这小女孩的直率,一看,果真有白练般的一线山泉从"羞女"两腿间的山坳里飞流而下,悄然注入江中。我的脸陡然发烫了。我着急地想:只有从山那边扯来一卷白云,快快地给羞女裁一条纱裙。我恨不得车上所有的男同胞统统别过脸去……

这时,我的脑子里突然挤满了无数个的"羞"字。

一位须发皆白的老爹坦然地说:"这叫'美女晒羞'呢!是我们这乡里的一方景致。"倒是这位老爹那纯净无邪的眼神,松缓了我一颗紧张的心。

于是,我又大睁着双眼,从羞女"身"上寻找我们攀援的足迹。

哦!我们原来是攀着羞女的腰际上山的,沿着她那高耸的酥胸,登上她翘起的下颌,贴着她的温软的耳际,然后顺着她飘垂的长发下

六、穿越历史的烟云

山的。

我的心底突然冒出一缕缕温热的情丝——我们曾经投身她那温软的怀抱，感受到了她那母亲一般的柔情。

我们一踏上羞女山那险峻而绵软的山径，脚下便发出一种来自山肚里的空蒙蒙而带共鸣音的回声。仿佛我们每走一步，那羞女便以她母亲般的心音招呼着我们。

我们一行人走在山径上，那铿铿之声此起彼伏。当时，我禁不住叮嘱那几位穿皮鞋的朋友："你们千万要轻点儿哟！小心惊醒了羞女！"

那羞女山的土层绵软而富有弹力，但因土层太薄，始终长不成大树，只有茸茸的绿草，疏疏的剑竹林，矮矮的灌木丛。这样，整个山倒现出一种柔秀的美来。

我的不知倦的眼依然圆睁着。我仰望着羞女枕在高冈上的"头"——那是羞女山的最高峰。峰顶可是一个览胜的好去处，只是风太大，在耳边呜呜地叫着。令人奇怪的是：陡得连空手也难攀上的峰顶居然葬着一拱新坟。据说是一位殉情的男子。这人也真有意思，婚姻失意干吗要去死？要死，哪儿不能呢？偏偏选择了这羞女山。许是想贴着羞女的耳际，絮絮地诉说他生前的怨情，让他那颗受伤的心永远安息在羞女那母亲般的怀抱，并让那呜呜叫的风载着他的声音飘到很远很远的地方……

他把生命连同不曾了却的情债全都交与了这位羞女。难道他果真相信这山原本是一座有人的灵性的神山么？

传说中的羞女原是一个美丽的村姑，贪色的财主得见，顿生邪念。作为弱女子的村姑，眼前只有一条路，逃！奔至江边，无路。财主赶上来扯落了她的衣裳，她纵身往江中一跳，"轰"地化成了石山。财主也变成了一块蛤蟆石，被江水远远地冲到了下游。

我不相信这后人杜撰的传说。大凡传说中的女子，对于强暴，只有消极抵抗的份，除了投江、上吊、变成石头，大概再没有其他

法子了。可眼前的羞女明明不是这样的弱女子呢！她那样安闲自若，那样姿态恣肆地躺着，哪像一个投江自尽的村姑？她那拥抱苍天，纵览宇宙的气魄与超凡脱俗的气质表明：她完完全全是一个狂放不羁、乐知天命的强者。

她是谁呢？

她的存在已经很久远了，也许在有人类之前，在有人世间的善恶是非之前早就有了。

她莫不是女娲么？

对了，只有女娲才配是她！

也许，她在炼石补天之后，又不殚辛勤地捏着小泥人儿。她累了，便倚着山冈睡了，多么惬意哟！头枕青山，脚踩绿水，伸臂张腿，任长发从那高高的云端飘垂下来。她睡得很香，做了千万年甜香的梦。

也许，会有人抱怨她仰天八叉地躺在那，未免不成体统，未免不像一个闺阁，未免太不知羞。但她为什么要怕羞呢？那是一个洪荒太古的年代，天刚刚补好；人，还没有呢！是她创造出了人类，她是一位博大宽宏的母亲。她裸着身子睡了，怎么会想到要害羞呢？她又怎么会想到：在她捏出的小泥人繁衍的人群里，会有那么一班道学家，居然忌讳她裸着身子，居然还嫌她的姿态不合乎《女儿经》的规范。那些人不仅忌讳这个实实在在存在着的酷似人形的山，还忌讳着仓颉所造的那个"羞"字。他们认为：裸着的人体是神秘的，更何况这光天化日之下毫无遮饰的羞女！于是，他们利用汉字同音异义，耍了一个小小的花招，改"羞山"为"修山"。在编撰地方志时，对此山真正的形态来历讳莫如深，仅用了"峻峰如削，卓列江滨"八个字。

难怪羞女山多少年来"养在深闺人未识"，原来全是这帮道学家捣的鬼哟！

我曾经十分珍爱希腊断臂的维纳斯，可相形之下，那些毕竟是

六、穿越历史的烟云

人工的雕琢，即算栩栩如生吧，也不过是人师造化而已。而羞女山呢，她不仅有惟妙惟肖的形体，还具备着豪放、坦荡的气质和神韵。她得天独厚的魅力在于：她是大自然的杰作，她是大地的女儿。她就是造化本身，这正是古往今来一切艺术家苦心追求的，然而却是可望而不可即的！她露宿苍天之下，饮露餐风，同世纪争寿，与宇宙共存，她才是真正的艺术，永恒的艺术！

从那汩汩的山泉——羞女醇甘的乳汁里，从那山径之上听到的羞女的突突的心音里，我早已感到了她生命的存在，要不，羞水怎会那样甘醇，羞山女子怎会那样姣美，羞山地区怎会有"民淳俗美"的古风流传至今呢？

啊，羞女山，你不只是女神偶像的山，你是一种温暖，一种信念，一种感化的力量！

汽车终于无情地拉远了我们与羞女之间的距离。望着那渐渐远去了的、在暖红霞晖里依然十分真切的羞女，我的心底里突然轻轻地冒出一句：

"你醒来吧，羞女！"

历史的道路不是涅瓦大街上的人行道，它完全是在田野中前进的，有时穿过尘埃，有时穿过泥泞，有时横渡沼泽，有时行径丛林。

——车尔尼雪夫斯基

人类的具体历史,如果有的话,那一定是所有人的历史,也必然是人类的一切希望、斗争和受难的历史。

——波 普

一个时代确凿无疑的观念是下一个时代的难题。

——托 尼

七、引领人类前进的巨人

QI YINLING RENLEI QIANJIN DE JUREN

论贝多芬 / 科尔曼
人类需要梦想者 / 邓琮琮
诺贝尔遗嘱诉讼案 / 佚　名
我的父亲爱迪生 / 查尔斯·爱迪生
霍金,用手指说话的科学巨人 / 王近尧
勇气 / D.C.狄斯尼
让高墙倒下吧 / 李家同

论贝多芬

【科尔曼】

贝多芬的魅力，在于他将其坚毅刚强的性格与细致柔腻的气质完美地结合在一起。他捕捉住刹那间人心的激越、心灵的激荡；他以一种穿透万物表象的洞察力，力图表现春天野花绽放时的芬芳，云朵在风中的战栗，苍蝇在草间的嘤鸣，人在命运面前的叹息和挣扎，我们对爱情的向往，还有我们对造物主的赞美和礼拜。在他的音乐中，我们有时甚至可以觉察到一丝稚嫩，一丝冲动，一丝少年人的豪气冲天，那行云流水，气势如虹。但是有时，他又弱如水边的那喀索斯，沉醉在丝绸般的纤柔和莫名的哀愁中。我们有时会惊叹，一个在战场上冲锋陷阵的勇士，居然内心深处有着如此缠绵的思绪。

其实，音乐本身赋予了他这样一个机会，能够结合他那种矛盾的气质。奔放和细腻的情怀被安排在一个整体里面，就像对称的两极。

事实上，我们每一个人都有着这种看似矛盾的心理。往往我们不能觉察到，但是每当我们聆听音乐，我们体验到的不仅仅只是贝多芬的心灵世界。他的乐曲所唤起的，是那潜藏在我们心底的情感。这情感是沉郁在阴霾后面的惊雷，一旦炸响，便会令我们看见自己，看见生命中蕴涵的神的意志。我们的灵魂就开始苏醒了。

于是，面对贝多芬，便好似在和我们的灵魂对话。我们如聋子、哑巴、盲人。我们能够体会到、感觉到、意识到，但我们不可言说。直觉在提醒着我们。这种朦朦胧胧的知觉，令我们感到怅惘。我们有一种挫败感。言辞只能描述语言可以表达的东西。但是灵魂既存在于我们可以意识到的世界之外，又包含在其中。作为一个局外的

七、引领人类前进的巨人

评论者，语言无能为力。然而，贝多芬把他那些音乐带给我们。那乐声如一个灵魂，将我们同自己心灵底层的世界联系到了一起。刹那间，鸟儿的啁啾，天空的蔚蓝，黑夜的幽深，甚至于我们的呼吸，我们脉搏的跳动，突然便具有了意义。我们领悟到自己生命的存在，和存在的一切生命。流畅的旋律呈现出一派生机，灿烂、绚丽、辉煌；徘徊回旋的主题使人同样感受到生命的无奈。我们闭上眼睛，却看见光亮，闪烁不定，犹疑躲闪，稍纵即逝。无需语言的帮助，我们领会了。我们对自己说："原来如此。"

然而，贝多芬并不在乎我们的感受。他写过："孤独！孤独！孤独！"有如李尔王咆哮的声音。他曾经生活在一片沉寂之中。想象一下，当我们聆听《庄严弥撒曲》、《D小调第六交响曲》等篇章的时候，创作出如此卓越深湛、美轮美奂的乐曲的，竟然是一位失聪的孤独者。这寂静沉默的幕帘，如此深沉、如此凝重、如此强大。在它面前，我们会感到灰心气馁。然而，贝多芬没有自怨自艾地诉说他的痛苦。他以对生命的礼赞、对神的礼赞，给他自己、也给我们带来隧道尽头的那一丝光明。只有领会到这一点，我们才真正理解了贝多芬。

我的一位同事曾经对我这样说过："贝多芬的伟大，就在于他的平凡。"的确，同任何人一样，贝多芬有着热情、温存、对神的敬畏、对生命的热爱、对真理的挚诚、对爱的渴望。我们每一个人，都或多或少怀有着这些人性的感受与感情，但是，贝多芬却从这普通、共通的情感中，升华出那天际神灵的话语。那是一种不平凡的平凡，平凡的不平凡。

贝多芬在他耳聋失聪的时候，写下了他的天鹅之歌——《第九交响曲》。这是一部凝聚了他全部的心路旅程的作品。在这部交响乐中，我们可以听见英雄对命运的抗议，听见抬着他灵柩的沉重的脚步声，还有沉浸在爱情和期待中的渴求，更有达到彻悟时的心灵的讴歌。"欢乐，你神的火苗，你天堂的女儿，／沉醉在火焰里啊，我们走进你的圣殿！／你的魔力凝合离散的世界。／在你的羽翼底下，所有的

你不必完美
NI BUBI WANMEI

人类成为兄弟！"世界上的一切人种，所有民族，在这歌声的震撼下看到前头的希望。于是这欢乐不仅仅只是身心上的。它胜过狄俄尼索斯的酒筵狂欢。这是超越了人的肉身的欢乐。这是超越了此岸和彼岸世界的终极的欢乐。

贝多芬的交响曲呈现给我们的是一个人成长的历程。他曾经对生命(生活)感到幻灭。他幻想胜利的喜悦，叙述他想象中与至高神性的结合。他在时代的浪潮中感受到英雄的雄健与悲壮。那壮丽的场景使他神往。然而，大自然所蕴涵的，是人不可知的奥秘。他陶醉了。他沉迷地陷入对世间万物那玄奥的冥想之中。他意识到，人在这大千世界中，如一颗微粒，渺小平凡。他超越了生命的本体。在那雷鸣电闪之中，他体验到神的伟大，从而意识到生命的意义，以及存在的意义。但是，不可思议的是，他返回到了尘世间。他回溯自己，经过反观自我，他明白了音乐对他、对人类来说，能够有如甘露般滋润干涸的心灵荒漠。他讴歌的是神吗？是那置身于时世之外的超然的神吗？还是人的心灵中本身所具备的神性？

贝多芬从不否定神性。他绝不怀疑在这存在的一切的背后，隐含着一种意义。然而他并不拘泥于教义。在他的音乐里，我们感受到古希腊悠远的底蕴。与此同时，时代也赋予他灵感，驱使他向前，追逐神对他的若隐若现的昭示。他感受到责任的重负。他挺立起来。孤独使他沉思，帮助他在那一片荒凉的寂静中聆听神的宣示。他忘记自己只是一颗悬浮在空中的小小的尘埃。相反，他令其他一切人，包括我们每一个人，都感到卑微。他是强大的，于是他和他的音乐不朽。于是他与神性融会在一起，为我们点燃烛火。他是现世的普罗米修斯。他以自身的苦难，带给我们以启示。他以他的音乐，伸展出他的手，企图搀扶我们从泥潭中爬起来，站立起来，再次迈出步伐，走向他。

曾几何时，我们在时代的黑暗中悲叹，为自己与生俱来的、不可避免的命运和卑微而感到惋惜。这难道不正是我们与贝多芬的差

七、引领人类前进的巨人

异？我们聆听他的音乐，或多或少地得到感召和领悟。他的音乐激励着我们冷静沉着，勇敢地面对世事的不公。如果有一天，我们能够在经历了命运的磨难之后，抬起眼睛，朝着天空，歌颂生命，歌颂神灵，这时的我们，将能够放下心灵的负担，了解我们生存于这个世界的意义，甚至窥见那隧道尽头的闪烁的光明。

世界上使社会变得伟大的人，正是那些有勇气在生活中尝试和解决人生新问题的人！

——泰戈尔

以思想和力量来胜过别人的人，我并不称他们为英雄；只有以心灵使自己更伟大的人，我才称之为英雄。

——罗曼·罗兰

人类需要梦想者

【邓琮琮】

居里夫人一生拥有过 3 克镭,她把第一克捐给她的科学,公众则把第二克和第三克回赠给了她。这 3 克镭展示了一个科学家伟大的人格和由此唤起的公众对科学的理解。

1920 年 5 月的一个早晨,一位叫麦隆内夫人的美国记者,几经周折终于在巴黎实验室见到了镭的发现者。

端庄典雅的主人与异常简陋的实验室,给这位美国记者留下了深刻印象。让她非常惊讶的是,居里夫人居然能够说出世界上每一零星镭的所在地。

麦隆内夫人问:"法国有多少呢?"

"我的实验室只有 1 克。"

"你只有 1 克镭么?"

"我?啊,我一点也没有。"

此时,镭问世已经 18 年,它当初的身价曾高达 75 万金法郎。美国女记者由此推断,提纯镭的专利技术,应该早已使眼前这位夫人富甲天下。

但事实上,居里夫妇早在 18 年前就放弃了他们的权利,并毫无保留地公布了镭的提纯方法。他们当时经济拮据,生活贫困,却不肯用自己历尽艰辛获得的科学成果谋取丝毫个人利益。居里夫人后来的解释异常平淡:"没有人应该因镭致富,它是属于全人类的。"

麦隆内夫人困惑不解地问:"难道这个世界上就没有你最想要的东西吗?"

七、引领人类前进的巨人

"有，1 克镭，以便我的研究。但是我买不起，它的价格太贵了。"

这出乎意料的回答，使麦隆内夫人既感惊憾又非常不平静。镭的提纯技术已使世界各地的商人腰缠万贯，而镭的发现者却困顿至此，以致无法进行研究。

她立即飞回美国，打听出 1 克镭在美国当时的市价是 10 万美元，便先找了 10 个女百万富翁，以为同是女人又有钱肯定会解囊相助，结果却碰了壁。这使麦隆内夫人意识到，这不仅仅是一次金钱的需求，而是一场呼唤公众理解科学、弘扬科学家品格的社会教育。她在全美妇女中奔走宣传，最后获得了成功。

1921 年 5 月 20 日，美国总统哈定将公众捐献的 1 克镭赠予居里夫人。居里夫人在仔细阅读完文件后说："美国赠给我的这 1 克镭，应该永远属于科学，希望你们立即请个律师，把它改赠给我的实验室。"

数年之后，当居里夫人准备在祖国波兰创设一个镭研究院治疗癌症的时候，美国民众再次为她捐赠了第二克镭。一些人认为，居里夫人在对待镭的问题上固执得让人难以理解。既是为了科学研究，在专利书上签个字，不是要省事得多吗？

居里夫人在后来的自传中回答了这个问题："我的许多朋友坚持说，若是比埃尔·居里和我保留了我们的权利，我们就可以得到必需的资金，来建立一个满意的镭研究院，而以前阻碍我们两个人，现在仍在阻碍我的种种困难都可以避免。他们所说的并非没有道理，但我仍然相信我们是对的。人类需要善于实践的人，他们能从工作中取得极大的收获，既不忘记大众的福利，又能保障自己的利益。但人类也需要梦想者，这种人醉心于一种事业的大公无私的发展，因而不能注意自身的物质利益。"

即使是为了科学，也不能将科学的成果据为己有。这是居里夫人向人类贡献镭的同时贡献出的另一种价值。

诺贝尔遗嘱诉讼案

【佚 名】

两份遗嘱

阿尔弗莱德·诺贝尔生前曾经三次立遗嘱,现在有记载的是后面的两次,其中第一次写于 1893 年 3 月 14 日,第二次写于 1895 年 11 月 27 日。他在 1893 年的遗嘱中,提出了在他身后要将庞大遗产的大部分拨作科学、文学、和平奖金,以支持各国杰出的科学家、文学家和和平人士,同时规定其遗产的另一部分(20%)将由其亲友 22 人继承。第二份遗嘱则不然,它明确指出,将其全部遗产作为基金,用基金的利息每年平均地分成 5 份,以奖金的形式分别授予当时在物理学、化学、生理学或医学的研究工作中和在文学和和平事业中最杰出的人士,而不论民族和性别。

第二份遗嘱中这一重大的改变反映了诺贝尔以下指导思想:"我认为大宗遗嘱不过是一件会阻滞人类才能发展的祸害;一个拥有财富的人,只应将小部分财产付与与他有关系的人。至于子女,如果除去必需的教育费用,还另外留给他们许多钱财,我认为是错误的,这不过是奖励懒惰。这样做会阻碍自己的子女发展他们个人独立的才干。"

第二份遗嘱的建立理所当然地使前一份遗嘱失效,从而就剥夺了诺贝尔家族的继承权。这笔遗产后来经过清理,总额为 3158 万多瑞典克朗,相当于 200 多万英镑。

第二份遗嘱同前一份另一个不同的地方是,遗嘱执行人中没有

七、引领人类前进的巨人

一个是诺贝尔家族的成员。他指定了两个瑞典人执行他的遗嘱：瑞典企业家鲁道夫·里尔雅克斯特和拉格纳·索尔曼。后者是阿尔弗莱德在其生命的最后三年所选中的私人助理。

阻挠和压力

遗嘱执行人首先受到来自诺贝尔亲属和社会舆论的压力和刁难。

诺贝尔的亲属散居在俄国、瑞典和法国，诺贝尔生前与他们共同经营过许多企业，一道从事过许多科学实验。他的亲属对这份遗嘱非常气愤，他们终于联合起来打算推翻或否定诺贝尔的这最后一份遗嘱，从而瓜分这笔庞大的遗产。于是他们邀请了好几个国家的著名律师帮助他们对这份遗嘱挑毛病；而根据这些国家当时的法律，诺贝尔的遗嘱是有缺陷的。一个重要客观原因是，在订立遗嘱过程中没有聘请法律顾问，遗嘱签署时，在场的四名证人也都不懂法律。

被挑剔的第一个毛病是，这份遗嘱没有确认他本人是哪国公民，从而无法判明应由哪一国的法院来检验他遗嘱的合法性，以及应由哪一国政府来组织基金会之类的机构来管理他的遗产。因为诺贝尔虽出生于瑞典，但从9岁起就跟随父母、长兄到了俄国，从此一直活动在俄、意、法、德、英、瑞等欧洲国家，始终没定居在一个地方，所以他曾获"欧洲最富有的流浪汉"的雅号。

遗嘱执行人认为诺贝尔是瑞典人，因为他出生于瑞典，幼年在瑞典度过，在瑞典有自己的居处，晚年也常在那儿，他的遗嘱是用瑞典文写的，指定的遗嘱执行人都是瑞典人，指定的评奖授奖单位大部分都是瑞典机构（只有和平奖金指定由挪威议会评定和授予），所以应由瑞典法院判定遗嘱的合法性，并由瑞典政府成立基金会。

他的亲属则认为他的法定居留地应该是在法国巴黎，因为他在那里住过整整7年，在那里他拥有豪华的住宅，所以遗嘱的合法性应由法国检验。

社会上一些舆论也对这份遗嘱进行批评。在1897年1月2日诺

贝尔葬礼后第四天，保守的报社就公开指责遗嘱没有体现瑞典人的爱国主义，忽视瑞典利益，却去支持外国科学家、文学家与和平人士；特别不能容忍的是，诺贝尔的遗嘱竟然指定挪威议会来评定和平奖。在他们看来，当时瑞典、挪威的联盟是勉强的、不能持久的，诺贝尔这一想法会给瑞典利益带来威胁。

就是被指定的评奖单位中，也有些头面人物坚决反对这份遗嘱。瑞典科学院院长汉斯·福会尔认为，诺贝尔的遗产应该捐赠给瑞典机构，用来发展本国的科学事业和文学艺术。

遗产的转移

在这复杂的局势下，遗嘱执行人根据自己的法律顾问卡尔·林达哈根的建议，首先抓住了诺贝尔遗产转移这一主要环节。按照遗嘱的指定，首先应将立遗嘱的人的不动产（在许多国家银行，大部分在法国）出售转化为现金，然后才能成立基金会，每年将利息拨充奖金。而法国的法律和法院可能维护诺贝尔家族利益，所以转移在法国的财产成为当务之急。

最紧张的一幕是在瑞典驻巴黎总领事馆里上演的。遗嘱执行人为了防止拖延，悄悄地用马车从银行保险箱里将证券和担保品运到总领事馆，在那里逐一登记和包装，然后委托财政信使将其寄往英国伦敦和瑞典斯德哥尔摩的银行。这一切都是在总领事诺达林的大力支持下进行的。

令人感到宽慰的是，这位总领事始终采取了积极配合的态度。有一天，当遗嘱执行人正在总领事馆的一个房间里登记和包装证券与抵押品时，诺贝尔的两个侄子和一个侄女婿来到总领事馆，请求诺达林对他们的要求予以支持。这位总领事沉着地接待了他们，并建议由遗嘱执行人主动设宴宴请他们，希望争执得到和平解决。

这个宴会确实举行了，是在这些证券和担保品已经离开了法国国境以后举行的。这时，当诺贝尔的亲属从遗嘱执行人那里获知财

产已经转移时，十分气愤并且不相信，诺达林挺身而出，证明财产确已不在法国巴黎，宴会也不了了之。

诺贝尔的亲属随即向法国法庭起诉，要求查封诺贝尔在巴黎马拉戈夫大街上的住宅。法院判决同意，不能出售，诺贝尔基金会也因此减少了一笔不小的收入。

达成协议

财产转移到瑞典后，遗嘱执行人和评奖单位代表团进行了频繁的接触，获得了许多瑞典科学家和卡罗林医学院代表团的支持，一起讨论协商未来基金会的法规细则。

但是瑞典科学院由于领导的抵制，不参加协商活动，因为这是被诺贝尔指定负责物理奖、化学奖的非常重要的单位，他们的抵制增加了遗嘱执行人的困难，也助长了诺贝尔亲属反对遗嘱的气焰。最后，遗嘱合法性的官司由瑞典的卡尔斯柯加县法院审理。

1898年2月1日开庭第一次审理时，诺贝尔的亲属提出了一系列抗议，着重指出遗嘱中存在的缺陷，公开申明，如果遗嘱被判定无效，则他们有权继承这笔遗产。

遗嘱执行人得到瑞典国王及王国政府以及社会进步舆论的支持。2月的一天，国王召见诺贝尔亲属中最有影响的人物——爱默纽尔。国王规劝爱默纽尔说服自己的亲戚尊重其叔父崇高的遗嘱。爱默纽尔只好表示接受国王的意见，并保证说："我不会使我的弟妹们将来受到杰出的科学家们的指责，因为相应的基金本来是应该属于后者的。"

接着，遗嘱执行人和爱默纽尔进行了谈判，爱默纽尔提出的主要要求是将其叔父的股份收买下来，由他和他的亲属继承经营巴库的石油企业。遗嘱执行人满足了他们的要求，而且答应将诺贝尔的遗产的1897年一年的利息归这些亲属分配，从而达成了双方的妥协。卡尔斯柯加县法院于1898年4月29日和6月5日分别收到诺贝尔亲属

的两份通知，他们以自己及其后裔的名义，宣布今后不再提出对遗产的任何要求，也放弃对即将成立的诺贝尔基金会的任何要求。

爱默纽尔则参加了最后两次评选单位代表团与遗嘱执行人的会议，在会上声明他和其他亲属愿意承认遗嘱的合法性。这样一来，瑞典科学院抵制遗嘱的借口也就不再存在了。

瑞典王国政府则在1898年5月21日指示总检察长进行各项法律部署，宣布将以国家和人民的名义使诺贝尔的遗嘱生效，同时要求瑞典科学院、研究院、卡罗林医学院采取相应步骤与总检察长合作，共同处理今后的事宜。

一个民族中出现了一个不平凡人物的不平凡的思想，尽管这种思想有利于世界各民族和本民族的长远利益，但往往会受到目光短浅的人们的抵制。围绕着执行阿尔弗莱德·诺贝尔遗嘱的这一曲折斗争，就是这种异常罕见的历史现象的一个实例。令人欣慰的是，在这一次斗争中，进步和明智的思想终于获得了胜利。

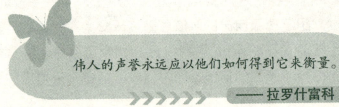

伟人的声誉永远应以他们如何得到它来衡量。

——拉罗什富科

七、引领人类前进的巨人

我的父亲爱迪生

【查尔斯·爱迪生】

爱迪生在新泽西州曼罗园他的实验室里踱来踱去，一撮乱发覆盖着前额，锐利的蓝眼亮亮的，皱了的衣服尽是污痕和被化学品烧破的洞，全不像一位改革家。他也不充什么派头。有次一位要人来访，问他是否曾获得许多奖章奖状，他回答说："唔，有的，家里有两瓶酒，是妈妈奖赏的。""妈妈"是指他的太太，我的母亲。

可是在我们这些和他朝夕相处的人看来，他显得超凡入圣。虽然他对人类的贡献不可估量（他在世时取得了1093种发明的专利权），但是使我们念念不忘的，并非那些卓越的贡献，而是他无比的勇气、想象力、决心、谦逊和机智。

一

父亲通常每天工作18小时以上。他对我们说："工作有成就，是人生唯一的真正乐趣。"大家都传说他能每天只睡4小时（另外有时假寐片刻），绝非夸张。他认为："睡眠有如药物，一次服用太多，头脑就不清醒。你会浪费时间，活力减少，错过机会。"

他的成就无人不知。他30岁发明留声机，把声音录在唱片上；他发明的电灯泡照亮了全世界。扩音器、复印机、医学用的荧光屏、镍铁电池和电影，都是他发明的。他也把别人的发明——电话、电报、打字机——改进为实用的商品。

有些人问："他从来没有失败过吗？"当然失败过。他时常碰到失败。他的第一件专利品是电动投票记录器，用以对低级铁矿做磁

性的分离。但是后来因为开发了蕴藏量丰富的高级铁矿,这项设计便完全白费了。

但他从不会因恐惧失败而趑趄不前。在从事一系列艰苦的实验期间,他告诉一位气馁的同事说:"我们并未失败。我们现在已晓得有一千种方法是行不通的,有了这些经验,较易找到行得通的方法。"

他对于金钱得失的态度也是如此。他认为金钱是一种原料,跟金属一样,我们应该加以运用,而不要积聚。因此他不断地利用他的资金,进行新的计划。有好几次,他濒于破产,但他不肯让经济状况操纵他的行动。

有一次,父亲在观察一部矿石压碎机的效能,他对那部机器的运转情形很不满意,吩咐操作工人说:"把速度提高。"

"我不敢,"那工人回答,"再提高速度,机器会坏的。"

父亲转过头去问工头:"艾德,这部机器要多少钱?"

"两万五。"

"我们银行存款有没有这么多?有的嘛,那么把速度再加快一级。"

操作工人把动力加大了,然后再度警告说:"机器响声很大,如果爆炸,我们都会没命了!"

"那没关系。"父亲大声喊道,"尽量开动!"

响声越来越大,大家开始往后退避。突然轰隆一声,碎片四射,矿石压碎机垮了。

"怎么样?"工头问父亲,"从这项经验又学到什么?"

父亲微笑着说:"学到我们可以把制造者所定的动力极限提高百分之四十——只要不超过最大极限就行。现在我可以再造一部机器,增加产量。"

二

我特别记得1914年12月间一个严寒的冬夜。当时父亲曾把过去十年的大部分时间用于试验制造镍钛电池,未能成功,弄得经济拮

七、引领人类前进的巨人

据。实验室全靠电影和唱片所获得的利润维持。那个晚上，工厂里忽然传出狂喊声："失火了！"顷刻之间，包装材料、做唱片用的赛璐珞、软片和其他可燃物品，呼啦一声，全部着火。附近八个城镇的消防队来救火，但是火势太猛，水压又低，消防水管根本不济事。

我到处找父亲也找不到，十分担心。他有没有出事？全部财产已经烧光了，他会不会心灰意懒呢？他已经67岁，不能再从头做起了。后来我在工厂院子里看见他正朝我跑来。

"妈在哪里？"他大声喊道，"去把她找来！叫她把朋友也都找来！这样的大火，百年难得一见！"

第二天早晨五点半，火势刚受到控制的时候，他召集全体职工宣布："我们要重建。"他派一个人去把附近地区所有的工厂都租下来，又派另一个人去借伊利铁路公司的救险吊车。然后他像忽然想起一件小事似的补充一句："唔，有谁可以从哪里弄些钱吗？"

"人往往可以因祸得福，"他说，"旧厂烧了也好，我们可以在废墟上建起更大更好的厂。"

他的新发明层出不穷，仿佛具有法术，所以有人称他为"曼罗园的巫师"。这个称呼令他啼笑皆非。他总是反驳说："巫师吗？胡说八道。我的成就全凭辛苦工作得来的。"也许他会说出他那句常被引述的名言："天才是百分之一的灵感加上百分之九十九的汗水。"他最看不惯人们懒惰，尤其是心智方面的懒惰。他经常把芮诺兹爵士所说的一句话挂在实验室和工厂显眼的地方："人总是千方百计，避免真正用心思索。"

父亲从不改变他的价值观念，也从来不自大。在波士顿，第一家使用电灯的戏院开张时，电力发生故障，他马上除掉领带和燕尾服（他讨厌这种服装），毫不犹豫地跑到地下室去帮助设法修理。在巴黎，他把衣服翻领上的红蔷薇形徽章摘掉，免得朋友们"认为我是花花公子"。

三

人们谈到爱迪生的时候,有时说他没受过教育。不错,他只受过六个月的正式学校教育,但是他在母亲教导之下,八九岁就已经读过《罗马帝国衰亡史》之类的典籍。他在大干线铁路上做小贩及报童时,时常整天消磨在底特律图书馆里,那里的藏书"从头到尾"他都读过了。在我们家中,他经常置备许多书籍和杂志,还有五六种日报。

这位一生成就极多的人物,从小就几乎是个十足的聋子。只有最大的响声和喊声,他才听得到。但是他对这个缺陷并不在意。他说:"从12岁起,我就没听见过鸟叫。但是耳聋对我不但不是障碍,也许反而有益。"他认为耳聋使他提早读书,还能够专心,不必和人闲聊,省了许多时间。

有人问父亲,为什么他不发明一种助听器,他总是回答说:"你在过去24小时听到的声音,有多少是非听不可的?"然后他又补充说:"一个人如果必须大声喊叫,绝对不会说谎。"

他喜欢音乐。旋律清楚的,他有办法欣赏,用牙齿叼着铅笔,把笔的另一端搭在留声机的匣子上,借以"倾听"。这样他可以领略抑扬顿挫和节奏之美。在他所有的发明中,留声机使他最得意。

虽然他聋,跟他谈话要大声喊叫,或用笔写出,但是新闻记者还是喜欢访问他,因为他的见解十分精辟。他绝对不承认幸福和满足是值得争取的目标。他说:"如果你能为我指出一个完全满足的人,我就可以断言他必定是个失败者。"

四

他从没退休,也不怕老。在80高龄,他还开始研究一门以前未曾研究过的学科——植物学,想在当地植物中找出橡胶来源。他和助手们把一万七千种植物加以试验和分类之后,终于研究出从紫菀

七、引领人类前进的巨人

科植物抽取大量胶汁的方法。

83岁时他还拉母亲去热闹的纽华克机场"看一个真正飞机场的实际情形"。他第一次看到直升机的时候,笑逐颜开地说:"我一向的想法,就是这个样子。"于是他又开始设计,对于那架不大为世人所知的直升机,提出许多改进的意见。

到了84岁,他终因患尿毒症危在旦夕。数十位新闻记者前来探访他的病情,整日守候。医生每小时向他们宣布一次消息:"灯火仍然在照耀着。"到1931年10月10日上午3点24分,噩耗终于传来:"灯灭了。"

举行葬礼之日,当局为了向他表示哀悼和敬意,本来预备把全美国的电流切断一分钟,但是考虑到那样做所付代价太大,而且可能产生危险的后果,所以只把一部分灯光熄掉片刻。

进步之轮是片刻不停的。爱迪生泉下有知,一定也同意这样做。

我的人生哲学是工作,我要揭示大自然的奥秘,并以此为人类造福。

——爱迪生

不要怀有渺小的梦想,它们无法打动人心。

——歌德

霍金,用手指说话的科学巨人

【王近尧】

一个骨瘦如柴的人斜躺在电动轮椅上。他要用很大的努力才能举起头来。他不能写字,看书必须依赖一种翻书页的机器,读文献时必须让人将每一页摊平在一张大办公桌上,然后他驱动轮椅如蚕吃桑叶般地逐页阅读。

他,就是史蒂芬·霍金,被称为在世的最伟大的科学家,当今的爱因斯坦。

就是这样一位被疾病固定在轮椅上30多年的人,他的思维却穿越时间与空间,追寻着宇宙的尽头、黑洞的隐秘;他敏锐的直觉和坚定的推理,直接挑战已被人广泛认同的传统量子力学、大爆炸理论甚至是爱因斯坦的相对论。

他的科普书《时间简史》,据说全世界已经卖了2500万册,被翻译成40多种语言。

他说自己是一个快乐的人,23岁结婚,有3个孩子。

人们希望了解:他怎样做到这一切,怎样驾驭了自己的生命?正是因此,关于霍金生平的电影才流行于世。

霍金,一个深奥的科学家,成为了大众的偶像。

如果说霍金在社会公众中的出名,是因为他在1998年完成的《时间简史》;那么霍金在宇宙科学圈里的成名,则始于他对黑洞的研究。

1962年,20岁的霍金选择去剑桥大学学习应用数学及理论物理学,为的就是跟随著名的宇宙学家霍伊尔做研究。但是,学校给他

七、引领人类前进的巨人

指派的是另一位名师，丹尼斯·席阿玛，相对论宇宙学界的权威。

剑桥的求学无疑给了霍金很高的起点。一年后，他斗胆向霍伊尔教授的理论提出质疑，引起轰动。1965年，他23岁，发表了博士论文，讨论关于"可应用于宇宙的奇点理论"。

在他长子罗伯特诞生的1967年，霍金开始进行黑洞奇点定理的研究。数年后，他与人合著的《大尺度时空结构》，成为引力物理学的经典。1974年3月1日，他在权威刊物《自然》杂志上发表的论文，阐述了自己的新发现——黑洞是有辐射的。这一发现，被认为是多年来理论物理学界最重要的进展，他的论文被认为是"物理学史上最深刻的论文之一"。

荣誉接踵而来。1974年，他当选为最古老的学术组织英国皇家学会最年轻的会员；1978年，霍金获得世界理论物理学界的最高成就奖"爱因斯坦"奖；1979年，37岁的他担任了剑桥大学卢卡逊讲座教授的职位，让霍金自豪的是，这个职位牛顿当年担任过。

随后，轮椅上的霍金与合作者一起提出了"开放暴胀"理论，对宇宙的起源和归宿作出了全新的解释。从宇宙大爆炸的奇点，到黑洞辐射机制，只会用指头说话的霍金教授对量子宇宙论的发展作出了贡献。

科学界评价他说："霍金是一个极富天才和毅力的英国天体物理学家。他使用数学工具论证了宇宙形成的大爆炸理论，使得这个理论成为目前被普遍接受的关于宇宙形成和发展的理论。"他获得了"继爱因斯坦之后世界上最杰出的理论物理学家"的美誉。

2002年，霍金在中国说："我发现真实的宇宙甚至比电影《星球大战》更吸引人。"

他鼓励更多中国优秀的年轻人将看似枯燥的理论物理、天体物理研究作为他们奉献终生的事业。这位60岁的聪明老头说："我希望年轻人走上这条道路。如果要走这条道路，我建议你们要先学好理论物理学。我发现物理学和宇宙学极其激动人心，它就像星球航行，勇敢地向未被征服的领域前进。"

"我能够在头脑中探索黑洞，进入宇宙最遥远的地方。我的建议是，如果你想进入空间，就进入物理学。"用指头现场打出这些字，霍金用了很长时间；从一个对宇宙感兴趣的英国青年，到今天一个被世人所知的科学巨星，霍金付出的太多。探索宇宙时空的杰出科学成就，加上战胜罕见疾病的坚强毅力，也使得他成为当今世界最具传奇色彩的科学家之一。

没有伟大的愿望，就没有伟大的天才。
——巴尔扎克

伟人既是脆弱的凡人，又是无畏的神人。
——塞涅卡

七、引领人类前进的巨人

勇　气

【D.C.狄斯尼】

在美国举行的那次相当拘谨的军人午餐会上，大家谁也不认识谁。我坐在一个美国伞兵身边。他是第 101 空降师——巴顿英雄部队的，约摸 20 岁。像多数跳伞运动员一样，他长得比一般美国军人颀长些，而且肩膀很宽，看上去是个孔武有力的硬汉子。他脑前闪耀着的勋章绶带，比我记忆中任何将级官衔以下的人都要多。他开头有点怯生生的，不很健谈。但是过了不久，他的拘束没有了，给我讲了下面这个故事。

在大规模进攻开始的前一天（进攻法国前 24 小时），盟军向诺曼底空投了伞兵，这个年轻人就是其中之一。不幸的是，他在远离预定地点好几英里的地方着陆。那时候天差不多亮了，老早已经在脑子里记熟了的标志，他一个也没有找到，也见不到任何战友。他吹响用以集合队伍的尖声警笛，却得不到什么响应。焦虑不安的几分钟过去了，他再吹一遍，还是一个人也没有来。于是他知道原定计划出毛病了，他现在是单人匹马，完全陷落在敌人控制的土地上了。他懂得，必须马上找个地方隐蔽起来。他着陆的地点，是在一个整洁的、收拾得挺漂亮的果园里的一堵石墙附近。在熹微的晨光里，他看见不远处有一栋小小的红色屋顶的农家。他不知道住在里边的人是亲盟国的，还是亲德国的，但是他总得碰碰运气啊。他朝那房子奔去，一边温习着寥寥可数的几句法语，那是为应付这种紧急状况而学的。

听到敲门声，一个年约 30 岁的法国女人开了门。她长得并不漂亮，不是笑容满面，但是她的眼光却善良而镇定。她显然是刚从做

早饭的灶间出来的,她的丈夫和她的三个小小的孩子——一个是婴儿,坐在一张高椅子上——坐在饭桌旁边,惊异地盯着他。

"我是一个美国兵。"伞兵说,"你们愿意把我藏起来吗?"

"哦,当然啦。"法国女人说着便把他带进屋里。

"赶快,你得赶快。"做丈夫的说。他迅速地把这个美国人推进壁炉旁边的一个大碗橱里,"砰"的一声关上橱门。

几分钟后,六个德国士兵来了。他们已经看到这个伞兵降落,而这一间又是附近唯一的房子。他们搜查得干净利落,转眼之间就找到了这个伞兵,把他从碗橱里拖了出来。

那位仅仅是由于藏起美国人而犯罪的法国农民,在被拉出厨房的时候,想要招呼他妻子一声,但是一个德国士兵一拳打在他的嘴上,他就说不出话来了。德国人命令他站到院子里,他并没有受到审讯,也不能向妻子说一声再见,根本无所谓手续不手续,就被当场枪毙了。妻子呜咽,孩子放声大哭起来。

德国士兵知道怎样发落敢于掩护敌人的法国老百姓,不过对于如何处置他们的这个美国俘虏,却显然有一场争论。于是他们暂时把他推入一间棚屋里,把门闩上。

棚屋后边有一个小小的窗口,由此望去,可以看到田野边缘的那片树林。那伞兵蜷身挤出窗口,向树林奔去。德国人发现他逃走了。他们一边跑到棚屋后边来追他,一边向他开枪。子弹没有击中目标。不过从当时的情况看来,逃脱是没有什么希望的。

他刚跑进树林——悉心经营的、没什么灌木和杂树的法国树林——就听到周围都是追兵,互相吆喝着。他们分散开来,正在很有次序地进行搜索。声音从四面八方传来,看来抓住他只不过是时间问题。他没有什么机会了。

对,还有最后的一次机会。伞兵振作起来押了这一注。他拼命往回跑,避开一棵又一棵的树,离开树林,再次跑进田野。他跑过了棚屋,穿过了院子,院子里还躺着那个被杀害的法国人的尸体。

七、引领人类前进的巨人

这个美国兵又一次来到这户农家，敲响了房门。

那位法国女人很快打开了门。她满脸苍白，泪眼模糊。他们面对面地，站了一秒来钟。她没有向她丈夫的尸体看上一眼，一直看也不敢看他一下。她直直地注视着这个美国青年的眼睛，他的到来使她变成了寡妇，孩子们变成了孤儿。

"你愿意把我藏起来吗？"他问。

"哦，当然啦。快！"

她毫不迟疑地把他送回壁炉边的碗橱里。他在碗橱里躲了三天。法国农民的葬礼举行的时候，他是呆在那儿的。三天之后，诺曼底地区解放了，他得以重返部队。

德国人再没有来过这户农家，他们想不到要再来搜查这间房子，因为他们不理解他们所要对付的这种人民。也许，他们理解不了，人类的精神竟然能够达到这样的高度。两种勇气打败了他们——智胜他们的美国青年的勇气，和那位法国女人的勇气——她毫不犹豫地给了美国伞兵第二次机会。

我被这真实的故事里的两位主角迷住了。我常常想到他们，并把这个故事多次讲给美国驻法国和意大利的战士们听。不过我缺乏口才，总也不能圆满地表达出我对这两位卓越人物的想法。直到全欧胜利日以后，我准备回国的时候，碰到了一位空军将领，他才把我感受到的确切地说出来了：

"青年伞兵有的是拼命的勇气。"他说，"在牢笼里，他看到并且抓住了唯一的出路。他是个勇敢机灵的孩子。不过，那位法国妇女的勇气呢，是经常同你在一起、永远不会让你蒙羞的那种女人的勇气。她是一个幸福的女人。"

"幸福？"我惊奇地望着他。

"对，幸福。"将军重复了一遍，"她懂得她信仰的是什么。"

让高墙倒下吧

【李家同】

走出高墙

50年前，一群来自欧洲的天主教修女们住在印度的加尔各答。她们住在一所宏伟的修道院内，虽然生活很有规律，可是一般说来，她们的生活相当安定而且舒适。修道院有整理得非常漂亮的花园，花园里的草地更是绿草如茵。

整个修道院四面都有高墙，修女们是不能随意走出高墙的，有时为了看病，才会出去。可是她们都会乘汽车去，而且也会立刻回来。高墙内，生活舒适而安定，高墙外，却是完全一个不同的世界。第二次世界大战爆发后，粮食运输因为军队的运输而受了极大的影响，物价大涨。大批农人本来就没有多少储蓄，现在这些储蓄因为通货膨胀而化为乌有，因此加尔各答城里涌入了成千上万的穷人，据说大约有二百万人因此而饿死。没有饿死的人也只有住在街上，过着非常悲惨的生活。

住在修道院的修女们知道外面的悲惨世界吗？这永远是个谜，可是对这些来自欧洲的修女们来说，印度是一个落后的国家，这种悲惨情景不算什么特别。她们的任务只是办好一所贵族化的女子学校，教好一批有钱家庭的子女们。

德蕾莎修女就住在这座高墙之内。她出身于一个有良好教养的南斯拉夫家庭，从小受到天主教的教育，18岁进了这所修道院，成为一位修女。虽然她已来到了印度，她的生活仍然是欧洲式的。

七、引领人类前进的巨人

可是有一次，在到大吉岭隐修的途中，德蕾莎修女感到上帝给她一道命令，她应该为世上最穷的人服务。

1948年，德蕾莎修女离开了她住了20多年的修道院。她脱下了那套厚重的黑色欧洲式修女道袍，换上了一件印度农妇穿的白色衣服，这套衣服有蓝色的边。德蕾莎修女从此要走出高墙，走入一个贫穷、脏乱的悲惨世界。

高墙到今天都仍存在，可是对德蕾莎修女而言，高墙消失了。她从此不再过舒适而安定的生活，她不忍心每天看到有人赤身裸体地躺在街上，也不能忽视很多人躺在路上奄奄一息，即将去世。她更不能假装看不到有人的肩膀被老鼠咬掉了一大片，下身也几乎完全被虫吃掉。

德蕾莎修女是一个人走出去的，她要直接替最穷的人服务。即使对教会而言，这也是怪事，很多神父认为她大错特错。可是她的信仰一直支持着她，使她在遭遇无数挫折之后仍不气馁。

现在，德蕾莎修女已是家喻户晓的人物。1994年11月16日，她将来静宜大学接受荣誉博士学位，为了增加对她的了解，我决定亲自到加尔各答去看她。

我们了解的德蕾莎修女

德蕾莎修女究竟是一个什么样的人？

她的第一个特征是绝对的贫穷，她不仅是为最穷的人服务而已，她还要求自己也成为穷人。她只有三套衣服；她不穿袜子，只穿凉鞋；她的住处除了电灯以外，唯一的电气用具是电话，这还是最近才装的，电脑等一概没有。

她也没有秘书替她安排时间，没有秘书替她回信，信都由她亲笔回。在我去访问她以前，有人说她一定会有一群公关人员，替她做宣传，否则她如何会如此有名？而且怎么会有这么多人跟随她？我

觉得这好像有些道理，我想如果她有这么一位公关人员，我可以向她要一套介绍德蕾莎修女的录影带。可是我错了，她没有任何公关人员，更没有任何宣传品。

德蕾莎修女不仅仅只是一位社会工作者，为了要服务最穷的人，她的修士修女们都要变成穷人，修士们连手表都不准戴。只有如此，修士修女们所服务的穷人才会感到有一些尊严。

只有亲眼看到，才可以体会到这种替穷人服务的精神。他们不只是在"服务"穷人，他们几乎是在"侍奉"穷人。

德蕾莎修女说她知道她不能解决人类的贫困问题。这个问题，必须留给政治家、科学家和经济学家慢慢地解决，可是她等不了。她知道世界上太多的人过着毫无尊严的非人生活，她必须先照顾他们。

因为修士修女们过着穷人的生活，德蕾莎修女不需要大量的金钱。她从不募款，以她的声望，只要她肯办一次慈善晚宴，全世界的大公司都会捐钱，可是她永远不肯。她不愿做这类的事情，以确保她的修士修女们的纯洁。她们没有公关单位，显然也是这个原因。

和德蕾莎修女的五分钟会面

要见德蕾莎修女，只有一个办法，那就是早上去参加6点钟的弥撒。我和她约好9月4日早上9点见面。5点50分，我就到了，修女们都已到齐，大家席地而坐。这好像是她的命令，教堂里没有跪凳，一方面是省钱，另一方面大概是彻底的印度化。除了修女以外，几十个外国人也在场，后来我才知道这些全是修女的义工，来自全世界。

我到处寻找，总算找到了这个闻名世界的修女，她在最后一排的小角落里。这个精神领袖一点架子都没有，静静地站在修女的最后一排。

弥撒完了，一大堆的人要见她，我这才发现，德蕾莎修女没有会客室，她就赤着脚站在教堂外的走廊上和每一位要和她见面的人

七、引领人类前进的巨人

谈话。这些人没有一位要求和她合影,虽然每人只谈了几分钟,轮到我,已经过去了半小时,在我后面,还有二十几位在等。

她居然不记得她要去静宜接受荣誉博士学位,虽然她亲口在电话中和我敲定11月16日,虽然我寄了三封信给她,告诉她日期已经敲定,可是她仍然忘了是哪一天。所以我面交了最后一封信,信上再次说明是11月16日。然后我们又讨论她究竟能在台湾待几天,她最后同意待四天。

我问她有没有拍任何录影带来宣传她们的工作,她说没有;我问她有没有什么书介绍她们的工作,她也说没有。可是她说附近有一座大教堂,也许我可以在那里找到这种书。我没有问她有没有公关主任,答案已经很明显了。

我给了她一张募捐支票,她要签收据,折腾了几分钟,后面还有二十几个人,我只好结束了会面。我后面的一位只说了一句"我从伦敦来的",一面给她一些现款,一面跪下来亲吻修女的脚。她非常不好意思,可是也没有拒绝。我这才发现,她的脚已因为风湿而变了形。

让高墙倒下吧

德蕾莎修女当年并不一定要走出高墙的。

她可以成立一个基金会,雇用一些职员,利用电脑和媒体,替穷人募款,然后找人将钱"施舍"给穷人。

她也可以只是白天去看看穷人,晚上仍回来过欧洲式的舒适生活。甚至她只要每周有一天去服务一下穷人,其他的日子都替富人服务。可是她自己变成了穷人,因为她要亲手握住穷人的手,伴他们步向死亡,再也不会逃避世上有穷人的残酷事实。她不仅照顾印度的穷人,也照顾艾滋病患者。最近,柬埔寨很多人被地雷炸成了残疾,没有轮椅可坐,德蕾莎修女已亲自去处理这个问题。

她单枪匹马走入贫民窟,勇敢地将世人的悲惨背在自己身上。

她完全走出了高墙。

我们每个人都在心里筑了一道高墙，我们要在高墙内过着天堂般的生活，而将地狱推到高墙之外。这样，我们可以心安理得地假装人间没有悲惨。尽管有人饿死，我们仍可以大吃大喝。

让高墙倒下吧！只要高墙倒下，我们就可以有一颗宽广的心。有了宽广的心，我们会看见世上不幸的人，也会听到他们的哀告。

看见了人类的不幸，我们会有炽热的爱。

有了炽热的爱，我们会开始为不幸的人服务。

为不幸的人服务，可能会带来我们心灵上的创痛，

可是心灵上的创痛最后一定会带来心灵上的平安。

先天下之忧而忧，后天下之乐而乐。
——范仲淹

八、和一朵花说话

BA HE YIDUOHUA SHUOHUA

雪的面目 / 林清玄
白色的山茶花 / 席慕容
走近大海 / 姚友谅
暖雨 / 岛崎藤村
天籁 / 刘永宽
阳光 / 严文井
和一朵花说话 / 流　沙
多变的脸 / 张　岐

雪的面目

【林清玄】

在赤道,一位小学老师努力地给儿童说明"雪"的形态,但不管他怎么说,儿童也不能明白。

老师说:雪是纯白的东西。

儿童就猜测:雪是像盐一样。

老师说:雪是冷的东西。

儿童就猜测:雪是像冰淇淋一样。

老师说:雪是粗粗的东西。

儿童就猜测:雪是像沙子一样。

老师始终不能告诉孩子雪是什么。最后,他考试的时候,出了"雪"的题目,结果有几个儿童这样回答:"雪是浅黄色、味道又冷又咸的沙。"

这个故事使我们知道,有一些事物的真相,用言语是无法表达的。对于没有看过雪的人,我们很难让他知道雪。像雪这种可看的、有形象的事物都无法明明白白地讲,那么,对于无声无色、没有形象、不可捕捉的心念,如何能够清楚地表达呢?

我们要知道雪,只有自己到有雪的国度。

我们要听黄莺的歌声,就要坐到有黄莺的树下。

我们要闻夜来香的清气,只有夜晚走到有花的庭院去。

那些写着最热烈优美情书的,不一定是最爱我们的人;那些陪我们喝酒吃肉搭肩拍胸的,不一定是真朋友;那些嘴里说着仁义道德的,不一定有人格的馨香;那些签了约的字据呀,也有抛弃与撕

八、和一朵花说话

毁的时候!

　　这个世界上最美好的事物,都是语言文字难以形容与表现的。

　　就像我们站在雪中,什么也不必说,就知道雪了。

　　雪,冷冽清明,纯净优美,在某一个层次上,像极了我们的心。

陆地、海洋、天空,三者如兄弟。

——雪　莱

云把水倒在河的水杯里,它们自己却藏在远山之中。

——泰戈尔

白色的山茶花

【席慕容】

山茶又开了,那样洁白而又美丽的花朵,开满了树。

每次,我都不能无视地走过一棵开花的树。那样洁白温润的花朵,从青绿的小芽儿开始,到越来越饱满,到慢慢地绽放;从半圆,到将圆,到满圆。花开的时候,你如果肯仔细地去端详,你就能明白它所说的每一句话。就因为每一朵花只能开一次,所以,它就极为小心地绝不错一步,满树的花,就没有一朵开错了的。它们是那样慎重和认真地迎接着唯一的一次春天。

所以,我每次走过一棵开花的树,都不得不惊讶与屏息于生命的美丽。

> 花朵以芬芳熏香了空气,但它的最终任务,是把自己献给你。
>
> ——泰戈尔

八、和一朵花说话

走 近 大 海

【姚友谅】

走近大海,便走进了自由。

我在沙滩上,晒着壮观的太阳,清点着身后飘落的或清晰或模糊的脚印。大海是那么的湛蓝,那么的豪迈,那么的美丽。面对着轻戏海浪的海鸥,在温柔的汐声中,放飞一只轻灵的歌儿,我忘记了自己的存在。我幻化成一个自由而活泼的精灵,凭着爽风,陶醉在生命的天堂里。

走近大海,便走进了成熟。

眼里的海和心里的海永远是同一个模样——他永远是一粒成熟的种子,瞳仁的伸缩把海的记忆蒸发、升华为一种难以名状的遒劲与磅礴,我以虔诚的姿态永恒地聆听海的成熟和吟哦。也许,某一时刻有人会偶然发现,我早已站成一千仞崖岩,紧偎着向往的父亲。

走近大海,便走进了智慧。

寻梦的季节,我是一只候鸟,穿梭于日月的目光中。啄啄浪花,发现一位至尊圣者莅临了人间,把片片金羽不遗秋毫地恩赐给我脚下这伟大的土地和那些慧洁的生灵。啜一滴海巢里的露,咸咸的,像我昨夜的鳞片,猛然间,耳旁响起黄钟大吕的共鸣。我频频颔首、致敬,用我满腔的灵气。然后,然后呢?我发现,跪拜在祖先的胸膛,追忆文静的风度。

走近大海,我在远离自己的同时又走近了自己。

暖 雨

【岛崎藤村】

进入二月，下起暖雨来了。

这是一个阴霾的日子。空中低浮着灰色的云。打下午起，就下了雨，使人骤然感到一股复苏的暖意。这样的雨，不接连下上几场，是难以治愈我们对春天无比饥渴的强烈感情的。

天上烟雨空口，我看到行人们打着伞，湿漉漉的马儿从眼前走过。连房檐上那单调的滴水声，听起来也令人心情高兴。

我的一直蜷缩着的身子开始舒展了，我感到说不出的快慰。走到庭院里一看，雨点洒在污秽的积雪上，簌簌有声，再来到屋外一望，残雪都被雨水溶化了，露出了暗灰色的土地。田野渐渐从冬眠中苏醒过来，呈现一副布满沙石和泥土的面容。

蔫黄的竹林，干枯的柿树、李树，以及那些在我视野之内的所有林木，无论是干和枝，全被雨水濡湿了。像刚刚睁开眼睛一般，谁都想用这温暖的春雨洗净自己黝黑而脏污的面孔。

流水潺潺，鸟雀鸣啭，这声音听起来多么舒心！雨下着，这是一场连桑园的桑树根都能滋润到的透雨哩！

冰消雪融，道路泥泞。在冬天悄悄逝去的日子里最叫人高兴的是那慢慢绽放幼芽的柳枝。穿过树梢，我遥望着黄昏时南国灰色的天空。

入夜，我独自静听着暖雨淅淅沥沥的声响。我感到，春天确乎来临了。

八、和一朵花说话

天　籁

【刘永宽】

乡村的夏夜，是一首玲珑可人的小令。

以平阔的房顶为床，以缀满星星的晴空为被，手执蒲扇轻摇——你就躺在诗的意境里了。

天河在很近的地方哗哗流淌，波光闪闪，似乎还有活泼的锦鳞翔游浅底。

斑鸠声声敲打着静谧的夜色。

可爱的蛙们用宋词的韵律，唱着农人千年的梦歌。

还有那薄薄的虫鸣之声，如曼陀铃柔曼的低奏，如一支洞箫在朗星下湖波上独奏着，如一股清泉淙淙地从溪石间流过……

和谐的音乐，如一波一波清幽的水，在你的身边弥漫开来，你就如一尾静憩于水藻间唼喋的小鱼。

不知什么时候，蒲扇就睡着了。

不知什么时候，轻露就润湿你的睫毛了……

> 没有油画、雕塑、音乐、诗歌以及各种自然美所引起的情感，人生乐趣会失掉一半。
> ——斯宾塞

阳 光

【严文井】

阳光是匆匆的过客,总是去了又来,来了又去。

他不愿意停留。不,他曾暂时在一些梦里徘徊。

他徘徊在沙漠的梦里。沙漠梦见了花朵、云雀、江河和海洋。

他徘徊在海洋的梦里。海洋梦见了地震、小山、麦浪和桑田。

他徘徊在老人的梦里。老人梦见了骏马、青草、角力和摔跤。

他徘徊在婴儿的梦里。婴儿梦见了母亲的歌声、乳汁、胳膊和胸膛。

每个带黑色的梦都闪亮。每个梦都保持着一分阳光。

阳光是个不倦的旅客,他总是来了又去,去了又来。他不能只在梦里徘徊。

他在梦的外面驰骋。

他制造一个个梦,更制造一个个觉醒。他驰骋,在梦的外面驰骋。

露珠只是在它自己／小小球体的范围里／理解太阳。

——泰戈尔

八、和一朵花说话

 # 和一朵花说话

【流　沙】

　　有一个老农，承包了不少土地养育花草。他整天和花草树木打交道，虽苦，却以此为乐事。

　　老农性格孤僻，无儿无女。除夜晚喜二三两黄酒之外，喜多言几句之外，从不与闲人论是非。

　　但每到花草丛中，便会喃喃自语，如与人对话一般，十分热闹。有人奇之，走近看，却是老农一人。

　　村人大奇，以为老农有精神疾病之类，渐渐远之。

　　老农所种花草皆十分鲜活，几年间便名声在外，收益不菲，成为当地的特色产业。一日，有记者前往采访，镜头一直跟着老农，老农一边讲解，一边动手给花草浇水。在一株倒地的玫瑰花下，老农突然停步，十分爱惜地扶起花枝，然后轻轻扶着花枝说："你今天怎么了，怎么睡在地上呢？痛么？"

　　记者甚奇。问："花儿能听懂你的话么？"

　　老农反问："你怎么知道花儿听不懂我的话，这花受到安慰，以后会长得更好呢。"

　　记者说，这些花都开了，真漂亮。老农说："这些花在笑哩，好像有人说了一个笑话，把它们都逗笑了。"花的感觉，人是感觉不到的，但人是不该活得太严肃的，这样容易使生命变得麻木和迟钝，错过了许多快乐的时光。那么，就试着对一朵花微笑吧，慢慢读它们的沉默，它们的张扬，它们的美……这样的生命，就会像花草一样茂盛起来，滋养出一个鲜活并且快乐的灵魂。

多变的脸

【张 岐】

多么像人啊，海的脸一天多变。

清晨，常常是安恬的，安恬得没有一丝涟漪，就像是刚睡醒还没睁开惺忪眼睛的脸，还羞怯地蒙着一层薄薄的面纱。

当风提着裙子姗姗走来，安恬顿时变成多皱，密匝匝的弧纹，就像是老奶奶皱巴巴的脸。

涨潮了。海浑身抖动，一边跳，一边吼，那扬起的雪白的浪花，多像是发脾气的老爷爷翘起的白胡须……

我喜欢宁静安恬的脸。

我喜欢慈祥温柔的脸。

我也喜欢严肃冷峻的脸。

爸爸和妈妈的脸不也是常常地变吗？当我潜心做功课的时候，当我学雷锋叔叔做好事的时候，当我不讲礼貌和淘气的时候……

嬉笑和严肃常常有同样的内涵：为了深沉的爱。

我喜欢海，喜欢有着丰富感情的海。

世界上最宽阔的东西是海洋，比海洋更宽阔的是天空，比天空更宽阔的是人的心灵。

——雨 果

新人文读本 第2版

小学12卷，初中6卷

   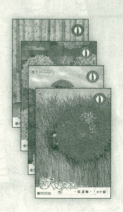

内容介绍

本套丛书充分张扬人文精神，使中小学生感悟爱、和谐、关怀、独立、自尊、创造、责任等饱含人情味和人文气息的人文主题。震撼人心的深刻内涵，创造奇迹的爱心故事，透明纯净的童心天空，温暖人间的美德修养，笑傲挫折的平静坦然，奇趣多彩的自然景观，广博深远的科技前景……缤纷的文字散发着馨香的人文气息，蕴涵着深厚的人文底蕴，引人入胜，发人深省。

系列亮点

精选当代美文　弘扬人文精神
倡导自主阅读　提升写作能力

国家"十一五"重点图书出版规划
· 全国"知识工程"联合推荐用书
· 全国"知识工程·创建学习型组织"联合团购用书
· 教育部全国中小学图书馆推荐用书
· 《中国图书商报》最具创新性助学读物

新科学读本
（珍藏版）

共8册

把科学教育从"题海战术"中解放出来

主编：著名科普作家、清华大学教授　刘　兵

中华人文精神读本

（青少年版）

4册·彩色插图版

丛书简介

如何对待我们的传统文化是近现代摆在我们面前的一个无可回避的问题，也是一个一直在热烈争论的问题，这也是国学"热"的重要原因。不同的时代面临的问题不一样，因此会有不同的观点。但"古为今用，取其精华"则是共识。《中华人文精神读本》精心挑选数千年来对中国产生过深远影响，而且在今天仍然在被人们所关心的26个主题，并从中国最重要的文化典籍中挑选朗朗上口，思想性和文学性很强的内容呈现给读者。丛书不仅仅是对古代文言进行注释和文意解说，为了便于读者理解，每个阅读单元还提供了生动有趣的小故事，并引申出对今天人们行为的有指导性的启示。图文并茂，生动活泼。

主编简介

汤一介：北京大学哲学系教授，中国哲学与文化研究所所长，博士生导师。加拿大麦克玛斯特大学荣誉博士学位。美国哈佛大学访问学者，曾任美国、澳大利亚、香港等大学客座教授。中国文化书院院长、中国哲学史学会顾问、中华孔子学会副会长、中国东方文化研究会副理事长、中国炎黄文化研究会副会长、国际价值与哲学研究会理事，国际儒学联合会顾问、国际道学联合会副主席；曾任国际中国哲学会主席，现任该会驻中国代表。

声 明

虽经多方努力，我们仍未能与本书部分作者取得联系，在此我们深表歉意。请相关著作权人尽快与北京大学出版社教育出版中心联系，我们将向您支付稿酬。

邮编：100871